EMILY BOLD

THE DARKEST RED
AUS NEBEL GEBOREN

ROMAN

The Darkest Red: Aus Nebel geboren

Während der Kreuzzüge unter Papst Urban II. fällt einer Gruppe von Rittern eine mysteriöse Reliquie in die Hände, die den Ursprung des christlichen Glaubens infrage stellt und die seither um jeden Preis verborgen werden muss.

Als ein kostbarer Rubin in einem Pariser Nachtclub auftaucht, ahnt die mittellose Tänzerin Fay nicht, welch unvorstellbare Kraft dieser in sich birgt. Sie gerät ins Visier mächtiger Feinde, und nur Julien Colombier scheint in der Lage, sie zu beschützen. Aber nicht nur ihr Schicksal liegt in den Händen des geheimnisvollen Fremden, sondern das Wohl der gesamten Menschheit, denn die Verschwörung um den mysteriösen Edelstein ist so alt wie das Christentum und bedroht den Glauben von Millionen von Menschen.
Doch kann Fay dem Unbekannten vertrauen, der sein Leben einzig und allein dem Schutz der machtvollen Reliquie gewidmet hat?

Autorin

Emily Bold lebt mit ihrer Familie in einem idyllischen Ort in Bayern mit Blick auf Wald und Wiesen - äußerst ruhig und inspirierend. Sie schreibt Liebesromane, Paranormal Romance und Jugendbücher.

Titel von Emily Bold

The Darkest Red: Aus Nebel geboren
The Darkest Red: Von Flammen verzehrt
The Darkest Red: Im Dunkel verborgen

Vanoras Fluch (The Curse 1)
Im Schatten der Schwestern (The Curse 2)
Das Vermächtnis (The Curse 3)

Ein Kuss in den Highlands
Klang der Gezeiten

Der Sehnsucht wildes Herz
Gefährliche Intrigen
Mitternachtsfalke
Blacksoul - In den Armen des Piraten

Vergessene Küsse
Verborgene Tränen
Verlorene Träume

EMILY BOLD

AUS NEBEL GEBOREN

DARKEST RED 1

1. Auflage 2014
Copyright © 2014 Emily Bold
Covergestaltung: © Johannes Wiebel | punchdesign
Autorenfoto: Guido Karp für p41d.com
Lektorat/Korrektorat: K. Schwaben-Beicht

http://emilybold.de
http://thecurse.de

Herstellung und Verlag: Books on Demand GmbH, Norderstedt

ISBN 13: 978-3-7357-6282-5

„WAS IST WAHRHEIT?"

Pontius Pilatus, Johannes 18,38

GOTT WILL es

---◆---

Qualvolle Schreie zerrissen die Nacht. Der Geruch von Tod und Angst schwängerte die Luft. Verstümmelte Leichen säumten die Straßen und tränkten das Pflaster mit ihrem Blut.

Im Namen Gottes mordeten, vergewaltigten und brandschatzten die Ritter, als rechtfertige das Kreuz auf den Bannern ihr teuflisches Treiben. Als könnten sie die Schuld, die sie in dieser Nacht auf sich luden, allein durch ihre heilige Mission begründen und als würden sie dabei nicht ihre Seelen der ewigen Verdammnis preisgeben, denn schließlich streckten sie Ungläubige nieder. Heiden, die ihre Tore vor Gott verschlossen hatten.

Aber die Tore Jerusalems waren gestürmt, die Stadt gefallen.

Auch Julien Colombier war dem Aufruf von Papst Urban II. mit einer Schar Ritter gefolgt. Die Heilige Stadt aus den Händen der Heiden zu befreien, war ihm als eine gute Sache erschienen.

Hektisch sah er über seine Schulter und gab den Männern hinter sich das Zeichen, ihm zu folgen, als er durch einen Torbogen in den dunklen, von hohen Mauern umgebenen Vorhof eines Palastes verschwand.

Schwer atmend stützte Julien sich an den rauen Steinen ab und wischte sich Blut und Schweiß aus dem Gesicht.

Erleichtert stellte er fest, dass sich alle seine Kämpfer um ihn versammelten. Zu viele gute Männer verloren in diesem Irrsinn ihr Leben. Hier gab es keine Sieger, auch wenn ihr Befehlshaber, Gottfried von Bouillon, das vielleicht anders empfand. Mehr als die Hälfte aller Männer, die unter seinem Befehl in Frankreich aufgebrochen waren, waren tot. Gestorben im Namen der Kirche und ihres Glaubens.

Julien selbst betete jeden Tag aufs Neue darum, lebendig nach Frankreich zurückzukehren. Wie naiv er vor vier Jahren gewesen war, als er, gerade dreißig geworden, dies alles noch für ein großes Abenteuer gehalten hatte. Für eine Möglichkeit, Ruhm, Ehre und Gottgefälligkeit zu erlangen. Aber in dieser Nacht war nichts ruhmreich, keiner der Männer besaß noch so etwas wie Ehre, und Gott musste sich angesichts ihrer Gräueltaten längst von ihnen abgewandt haben. Der Kampf rief nach ihnen, und das Adrenalin in ihren Adern trieb sie an, ihre Klingen zu heben. Seine Männer waren bereit, die Stadt zu stürmen. Ihr Blutdurst war beinahe greifbar, aber lieber würde Julien sich wegen Befehlsverweigerung anklagen lassen, als zuzulassen, dass sich seine Truppe an diesem Gemetzel beteiligte.

„Juls? Was ist los? Im Stadtkern ist der Kampf in vollem Gange!", rief Louis, der Sohn eines Adeligen aus Avignon, und schwang sein von Blut glänzendes Schwert. „Und wir drücken uns hier an der Stadtmauer herum."

Julien richtete sich zu seiner beachtlichen Größe auf und sah reihum in die schmutzigen Gesichter der Männer, die mit ihm in den letzten Jahren gekämpft, gelitten und gelacht hatten, ehe er mit fester Stimme zu sprechen ansetzte.

„Meine Freunde, öffnet die Augen! Seht ihr nicht, was hier geschieht? Kann dies wirklich Gottes Wille sein?"

„Deus lo vult!", widersprach Louis und rammte sein Schwert in den sandigen Boden.

Der Kriegsruf hallte aus Tausenden Stimmen durch Jerusalem, sodass Louis' Ruf wie ein Echo des ganzen Heeres klang.

„Gott will es? Bist du dir da sicher, Bruder? Reicht ein Versprechen auf ewige Glückseligkeit im Himmelreich aus, dich in diesem Leben jede Menschlichkeit vergessen zu lassen?"

Die Palastmauern warfen Juliens Worte zurück und verstärkten ihre Wirkung.

„Aber, Julien! Dieser Kampf ... es ist die große Schlacht. Deswegen sind wir hier! Dies ist die Nacht, in der Geschichte geschrieben wird! Heute mache ich mir einen Namen!", rief Louis wütend.

„Und was für ein Name soll das sein? Willst du wirklich zu Hause vor deinen Schwestern stehen und damit prahlen, wie viele ungläubige Kinder du massakriert und wie viele wehrlose Frauen du geschändet hast?"

Julien schüttelte angewidert den Kopf. „Ich kenne dich, Louis – auch, wenn der tobende Kampf wie eine Sirene nach dir schreit, weiß ich, dass du dich, wärst du bei Vernunft, daran niemals beteiligen würdest!"

Louis sah zu Boden, und auch die anderen ließen zögernd ihre Schwerter sinken. Sie sahen sich an. Die blutgetränkte Kleidung klebte ihnen am Körper, das rote Kreuz auf ihren Brustharnischen war besudelt und der kupferne Geruch von Tod und Verderben schon Teil von ihnen geworden.

Aus einer Schnittwunde am Arm von Juliens Waffenbruder Lamar rann das Blut hinab zu dessen Schwerthand, und er presste sich die andere Hand fest auf die Wunde. Durch zusammengebissene Zähne fluchend, trat er vor, um zu widersprechen.

„Jetzt aufzuhören, Julien, wäre die reinste Heuchelei! Der

Krieg ist eben blutig! Sieh mich an", er hob seinen verletzten Arm. „Wer weiß, ob mich der Schnitt dieser verfluchten Sarazenenklinge nicht umbringt? Was, wenn ich Wundbrand bekomme und sterbe?" Er schüttelte den Kopf. „Ich bin hier, um diese gottlosen Heiden zu bekehren … und das werde ich tun!"

Julien trat seinem Freund in den Weg. „Lamar, hör dich doch um! Klingen diese Schreie für dich nach einem Gebet? Denkst du, Gott sieht auch nur eine dieser armen Seelen? Hier wird nicht länger im Namen Gottes gekämpft – hier wird geschlachtet, und bei allem, was mir heilig ist, ich werde mich an dieser Sünde nicht länger beteiligen!"

Juliens ältester Freund Gabriel trat nach vorne und klopfte ihm unterstützend auf die Schulter.

„Er hat recht. Wir dürfen nicht vergessen, wer wir sind! Wir haben mehr Geist als dieses Heer von Bauern! Wie sollen wir je in die Heimat zurückkehren, wenn wir jetzt diese Gräueltaten auf uns laden? Eine Stadt zu erobern und zu unterwerfen, ist eine Sache, aber das …"

Angewidert machte er eine Geste, die die ganze Stadt einschloss.

Matteo, ein schmächtiger Bursche, dessen spärlicher Bartwuchs sein junges Alter zeigte, nickte, sodass ihm die dreckverklebten Haare in die Stirn fielen.

„Ich habe gesehen, wie sie eine Frau vergewaltigen … eine Frau, deren Kopf sie schon abgeschlagen hatten", berichtete er tonlos. Er und sein Zwillingsbruder Quirin waren mit ihren siebzehn Jahren die Jüngsten der Truppe, und sein kreideweißes Gesicht war verzerrt von Ekel.

Julien trat zu ihm und legte ihm väterlich die Hand auf den Rücken.

„Ihr hört es! Wollt ihr euer Seelenheil verspielen? Wir sichern den äußeren Ring der Stadt, lassen niemanden entkommen und werden Gefangene machen, um ihnen die Wahl zu lassen, sich des wahren Glaubens zu bekennen!"

Matteo nickte und legte seine Hand auf seine Brust.

„Deus lo vult!", flüsterte er und bedeutete seinem Bruder, es ihm nachzutun. Schließlich schlossen sich alle dem Vorbild des Jüngsten an und leisteten Julien den Eid ihrer Gefolgschaft.

„Danke, Lamar!", flüsterte Julien seinem Freund ins Ohr, als alle wieder nach ihren Waffen griffen und sich geduckt den orientalisch-prunkvollen Mauern näherten. Er war erleichtert, denn hätte Lamar darauf bestanden, sich an den Kämpfen in der Stadtmitte zu beteiligen, hätten es ihm sicher einige von Juliens übrigen Männern nachgetan.

Lamar kniff die Lippen zusammen, nickte aber.

„Wenn ich an Wundbrand sterbe, verfluche ich dich!"

Julien lachte und legte Lamar den Arm um die Schultern.

„Das wäre aber nicht sehr christlich, Lamar!"

Rücken an Rücken duckten sie sich durch eine schmale Seiteneingangstür, während der Großteil der Truppe schon durch das breite Portal in den marmornen Innenraum drang. Obwohl die Schreie der Sterbenden wie eine Dunstglocke über ganz Jerusalem hingen, herrschte im Inneren des tempelartigen Palastes absolute Stille. Die Schritte ihrer Stiefel und das leise Klirren der Waffen waren die einzigen Geräusche.

Julien kniff die Augen zusammen, um seinen Blick zu schärfen. Es war stockfinster und bis auf das sich im Blattgold der Säulen reflektierende Mondlicht, welches matt zur großen Tür hereinfiel, war nichts auszumachen. Er versuchte, seine Männer zu erkennen. Der schlanke Arjen, Gerome, Louis, Matteo oder Quirin – die Zwillinge waren auf die Entfernung unmöglich zu unterscheiden –, Cruz und dahinter, das musste der dunkle Schopf von Gabriel sein. Dann der große Sachse Arnulf und Claudio. Die zwei kämpften gewöhnlich Seite an Seite.

Julien war zufrieden mit sich. Seit er den Befehl über diese Männer hatte, hatte er nur einen Mann verloren – und das auch nur an den Wahnsinn.

Ein kalter Lufthauch wehte durch die steinernen Säulen hindurch, und trotz der Dunkelheit war zu erahnen, wie prächtig und beeindruckend die große Halle unter anderen Umständen sein musste. Julien schwitzte. In den Schatten, so schien es ihm, lauerte das Unheil.

„Es könnten sich Dutzende dieser Bastarde hinter den Säulen verkrochen haben", murmelte Lamar und sprach damit Juliens eigene Gedanken aus.

Er konnte sich nicht vorstellen, dass die Araber, so erbittert sie ihre Stadt und ihren Glauben verteidigten, gerade ihre prunkvollsten Bauten kampflos aufgeben würden.

Der kalte Schweiß lief Julien den Nacken hinab, und er wischte sich mit dem ledernen Handschuh über den Kopf. Sein Haar hatte er kurz abrasiert, damit es ihm im Kampf nicht hinderlich wäre. Nun spürte er die kurzen Strähnen durch das Leder, und für einen Moment flammte das Bild der schönen Theresa vor seinem geistigen Auge auf. Sie war wohl enttäuscht gewesen, als er ins Heilige Land aufgebrochen war, ohne zuvor um ihre Hand angehalten zu haben. Immerhin hatte er beinahe ein Jahr um sie geworben. Sie war wie ein hübscher Singvogel, zierlich, friedlich, fügsam und von angenehmen Wesen, und er hatte gedacht, dass es passabel wäre, eine Frau wie sie zu haben.

Doch der Mann, der Theresa einst diese Hoffnung gemacht hatte, steckte heute nicht mehr in ihm. Und könnte sie ihn jetzt sehen, das schulterlange Haar kurz geschnitten, das viele Blut an seinen Händen und seine

Seele, die durch die Erlebnisse der letzten Jahre verkümmert war, würde sie sich erschüttert von ihm abwenden.

„Hörst du, was ich sage?", fragte Lamar eindringlich und stieß Julien an der Schulter.

Julien verdrängte die Gedanken an Frankreich. Er musste seine Sinne zusammenhalten, wollte er lebend in die Heimat zurück.

„Hier stimmt was nicht!"

Lamar hielt ihn zurück und deutete über die gebückten Köpfe ihrer Truppe hinweg auf den Haupteingang. Ein dunkler Schatten huschte vorüber. Noch ehe Julien seine Stimme erheben konnte, schlugen mit lautem Donnern die Flügeltüren zu und sperrten sie in absolute Finsternis.

Ein Hinterhalt, dachte er noch. Dann brach die Hölle los.

Fay

———————◆———————

Lasziv ließ sich Fay an der kalten Metallstange hinabgleiten. Sie kreiste ihr Becken gegen den Stahl und ließ ihren Kopf tief in den Rücken fallen. Ihre Brüste unter dem knappen glänzenden Oberteil hoben sich im Takt der Musik. Kaum jemand nahm davon Notiz. Der Schuppen war so gut wie leer. Nur einige Stammgäste lungerten an der Bar herum und warfen hin und wieder einen stumpfen Blick in ihre Richtung. Fay wusste, diese Kerle waren genauso verloren wie sie selbst. Der Tag, an dem sie sich mit genau diesem leeren Ausdruck im Spiegel ansehen würde, war nicht mehr weit.

Sie roch den Alkohol im Atem ihrer Gäste, den Schweiß vieler Tage, an denen sich diese Typen nicht gewaschen hatten, und den kalten Zigarettenrauch, der ihnen aus jeder Pore zu dringen schien. Fay hätte kotzen können. Sie war gerade dreiundzwanzig geworden, aber innerlich schon so gut wie tot. Es war ein Scheißleben, und sie fragte sich oft, warum zur Hölle sie überhaupt hatte geboren werden müssen.

Sie fasste sich in den Schritt und sank auf die Knie. Hob ihr Becken – wie ein Roboter.

Das flammend rote Haar fiel ihr ins Gesicht, und Fay schloss für einen Moment die Augen.

Wegen Chloé, dachte sie. *Ich lebe nur für sie.*

Der Moment der Sicherheit, ihr Gesicht versteckt unter der Haarflut, war nur kurz. Ein Pfiff vertrieb ihre Gedanken, und sie hob den Kopf, machte einen Schmollmund, wie es von ihr verlangt wurde.

Ein Kunde. Er war näher gekommen und wartete nun darauf, ihr einen Geldschein in den beinahe nicht existenten String zu stecken. Sie kannte ihn. *Matt.* Das war nicht sein Name, aber so nannte sie ihn, weil sich das Licht so *matt* auf seiner Halbglatze spiegelte. Er war häufig hier. Kam immer öfter, wenn sie auf der Bühne war. Sie schaute ihn nicht an, als er seine Hände nach ihr ausstreckte. Immer, wenn ein Kunde sie berührte, wünschte sie sich weg. Weit weg. Sie sah dann in die bunten Strahler, die sie in besonders aufreizendes Licht rücken sollten, die selbst den dünnsten Hauch von Stoff auf ihrem Körper zu durchleuchten schienen, bis Fay dachte, sie stünde so nackt, wie sie sich fühlte, vor den gaffenden Männern.

Anfassen war nur während der Happy Hour erlaubt, aber der bullige Türsteher Gino, ein Halbitaliener mit Minderwertigkeitskomplexen, vermutete Fay, nahm es nicht so genau.

Gerade jetzt kippte sich Gino einen Drink hinter die Binde und knallte sein leeres Glas auf die Theke. Er lachte schallend mit der Bardame.

Die Kippe zwischen *Matts* Lippen zitterte, als er ihren Hintern betatschte, und Fay drehte sich schnell zurück an die Stange. Sie sprang daran empor, nahm den Stahl zwischen ihre Schenkel und ließ ihre Zunge über das Metall gleiten.

Der Kerl musste ihr mindestens noch einen Zehner zustecken, dachte sie, denn, wie es aussah, war heute ansonsten kein Geschäft zu machen. Sie fuhr sich mit den Händen durchs Haar, glitt an der Stange hinab und lehnte sich mit dem Rücken dagegen. Sie spreizte die Beine für ihn. Er lächelte. Sie ebenfalls. Nur für ihn. Nach der nächsten Drehung kam Fay direkt vor dem Typen auf die Knie. Sie lächelte immer noch, als sie seinen kalten Atem auf ihrer Haut spürte. Er kramte in seiner Börse nach einem weiteren Schein. Fay sah in die Lichter über sich und öffnete ihr glänzendes Oberteil. Sie wackelte mit den Brüsten vor seiner Nase herum und versuchte, die Gänsehaut zu unterdrücken, die in ihr aufstieg, als seine kalten, feuchten Hände ihr das Geld zusteckten.

Es regnete in Strömen, als Fay um vier Uhr morgens durch den Lieferanteneingang der Bar in den Hinterhof trat. Sie kramte in ihrer Tasche nach den Zigaretten und klopfte sich eine aus der Schachtel. Gino, der in der Bar nicht nur für Ordnung sorgte, sondern auch die Mädchen einteilte und ausbezahlte, reichte ihr ein Bündel Scheine. Er bot ihr Feuer an, und, nach einem tiefen Zug an der Kippe, steckte Fay das Geld in die Tasche zu ihrem Trinkgeld.

„Bis morgen", verabschiedete sie sich und zog sich die Kapuze ihres Shirts über den Kopf.

Gino nickte und spähte die Gasse entlang. Es wäre nicht das erste Mal, dass Gäste meinten, nach Feierabend noch eine extra Nummer zu bekommen.

„Ja, bis morgen. Vielleicht fängst du dir morgen einen großen Fisch, Süße", rief Gino ihr nach, als sie schon davonging.

Pah! Sie blies den Rauch aus und sah dem blauen Dunst hinterher, wie ihren verblassten Träumen. Als würde sich jemals ein großer Fisch in diese billige Absteige verirren!

„Sicher!"

Sie versuchte sich an einem Lächeln, wischte sich den

Regen aus dem Gesicht und beeilte sich, nach Hause zu kommen. Die Skinny-Jeans klebte ihr unangenehm am Körper, und sie fühlte ihr Make-up davonschwimmen. Nicht einmal die Zigarette schmeckte ihr bei der Kälte, und sie wischte sich mit dem Ärmel über die Nase, als sie um die Ecke bog. Sie schlängelte sich durch eine Traube chinesischer Prostituierter, die beisammenstanden und sich wegen irgendetwas aufregten. Das grüne Kreuz der Nachtapotheke leuchtete ihr entgegen, und sie musste grinsen. Das Licht am Ende des Tunnels. Die Gitter vor der Apotheke waren heruntergelassen, aber es gab eine beleuchtete Glocke. Sie warf die Kippe in eine Pfütze und klingelte.

Es dauerte eine ganze Weile, ehe aus dem hinteren Bereich ein Schatten zur Tür geschlurft kam. Ein Mann in einem weißen Apothekerkittel öffnete das kleine Fenster in der Tür und sah sie mürrisch an.

„Was wollen Sie?"

„Ich brauche Prednisolon und Theophyllin", erklärte Fay und kramte ihre Geldscheine hervor.

Der Mann runzelte die Stirn.

„Haben Sie ein Rezept?"

Scheiße! Fay biss die Zähne zusammen.

„Natürlich, aber ich habe es leider zu Hause vergessen … und es regnet doch so arg. Können Sie nicht ein Auge zudrücken?"

Der Mann wich einen Schritt zurück.

„Nein, das geht natürlich nicht. Kommen Sie mit dem Rezept wieder."

Fay trat näher an die Öffnung und steckte die Scheine hindurch. „Halt! Warten Sie! Bitte, Sie verstehen nicht … ich brauche das Theophyllin! Sofort!"

Er zögerte.

Fay ärgerte sich, nicht ein freizügigeres Oberteil übergezogen zu haben, denn das hatte ihr schon so manches Mal zu den Medikamenten verholfen.

„Bitte! Meine Schwester kommt nicht einmal mehr aus dem Bett. Ich denke jede Nacht, dass sie stirbt, so pfeift ihre Lunge."

Fay wedelte mit den Scheinen. „Bitte, Monsieur!"

Der Mann griff nach dem Geld und schloss die Klappe. Fay fluchte und lehnte verzweifelt ihre Stirn gegen die Gitter. Das war eigentlich das Geld für die ganze Woche gewesen. Zum Glück war morgen der 14. Juli, und ganz Frankreich würde im Ausnahmezustand versinken. Nach den ganzen Militärparaden, die die Pariser Straßen in ein Irrenhaus verwandeln würden, würde in den Bordellen und Stripclubs der Stadt Hochbetrieb herrschen. Fay hoffte auf einen guten Abend, denn sie hatten wirklich jeden Cent ihrer jämmerlichen Ersparnisse aufgebraucht, seit Chloé ihren Job in der Wäscherei verloren hatte.

Fay wischte sich eine Träne aus dem Augenwinkel, als sich überraschenderweise die Klappe wieder öffnete. Der Mann reichte ihr eine kleine Plastiktüte.

„Kommen Sie wieder, wenn Sie ein Rezept haben, Madame", riet er ihr und schloss entschieden die Klappe. Das Licht ging aus.

Sie riss die Tüte auf und hätte heulen mögen vor Erleichterung, als sie in dem schwachen Licht der grünen Leuchtreklame zwei Asthmasprays erblickte. Kein Prednisolon, wie sie gehofft hatte, aber auch diese würden Chloés Bronchien weiten und ihre Muskulatur entspannen.

Fay rannte das letzte Stück bis zu der Wäscherei, über der sie sich mit ihrer Schwester eine kleine Dachkammer teilte, und schlich die knarzenden Stufen hinauf. Obwohl Chloé den Job in der Wäscherei wegen ihrer schlechten körperlichen Verfassung verloren hatte, ließ sie Monsieur Duprais weiterhin in der kleinen Kammer wohnen. Das war ihr großes Glück, denn eine andere Unterkunft konnten sie sich nicht leisten.

Fay stemmte sich gegen die verzogene Tür und schaltete das Licht an. Chloé drehte ihr den Rücken zu und zog sich die Decke weiter über den Kopf. Sie hustete.

Fay befreite sich aus den nassen Sachen, schlich an der am Boden liegenden Matratze vorbei, die ihnen als Bett diente, und schlüpfte unter die Dusche, die sich nur wenige Schritte weiter hinter einem grauen Duschvorhang verbarg. Das Wasser kam in einem spärlichen Rinnsal aus dem verkalkten Duschkopf, und Fay beeilte sich, denn es zog kalt zu dem winzigen Fenster der Kammer herein. Sie war eigentlich viel zu müde zum Duschen, aber sie würde mit dem Gefühl der Berührung des Fremden auf ihrer Haut ohnehin keinen Schlaf finden. So wusch sie den Schmutz ihres Berufs von sich ab und wünschte sich, wie so oft, irgendwann auf den großen Bühnen von Paris zu tanzen. Richtig zu tanzen. Nicht leicht bekleidet in irgendwelchen Käfigen oder an dreckigen Stangen!

Sie drehte das Wasser ab und wickelte sich in das Handtuch, ehe sie sich zu Chloé auf die Matratze setzte. Sie fuhr ihrer Schwester über die verschwitzten Locken und fühlte mit Beunruhigung deren heiße Stirn. Seit Tagen kämpfte Chloé gegen das Fieber. Fay streichelte die dünne Schulter vor sich und bemerkte, wie ausgemergelt die Achtzehnjährige war.

„Chloé, *ma belle*, wach auf. Ich hab dir etwas mitgebracht."

Sie zog die Tüte zu sich heran und holte das Asthmaspray heraus. Außerdem drückte sie eine

Paracetamoltablette aus einem Blister, der auf dem Hocker neben dem Bett lag. Es war die letzte. Zittrig setzte sich Chloé auf und lehnte sich schwach gegen die Wand.

„Guten Morgen", presste sie zischend aus ihrer eingeschnürten Lunge heraus.

„Psst", versuchte Fay, ihre Schwester am Sprechen zu hindern. „Hier, das wird dir helfen."

Chloé pumpte sich gierig die Arznei in den Rachen und hustete, als das kalte Spray ihre Lunge erreichte.

„Danke, Fay", flüsterte sie schwach.

Fay lächelte sie aufmunternd an.

„Zieh das verschwitzte Shirt aus und versuch, noch ein wenig zu schlafen. Ich bin hundemüde und brauche dringend eine Mütze voll Schlaf."

Chloé atmete einige Male tief ein und aus.

„Wie war die Nacht?", fragte sie schließlich und beobachtete Fay, die sich abtrocknete und in ein Shirt schlüpfte.

„Gruselig. Dieser Matt war wieder da. Der ist ein Bürohengst, denn sein Anzugstoff ist nicht billig, aber er kann keine Krawatte binden. Er lächelt immer ganz freundlich, aber, sobald Gino nicht hinschaut, tatscht er mich an!"

Sie rubbelte sich das Haar trocken.

Chloés wilder, rotbrauner Lockenkopf schüttelte sich vor Ekel.

„Ich könnte das nicht ertragen!"

Fay sah sie bestimmt an: „Du wirst das auch nie ertragen müssen, *ma belle*! Das schwöre ich! Wir kommen hier raus …"

Fay half ihrer Schwester ebenfalls in ein trockenes T-Shirt und kroch neben ihr unter die Decke.

„Ich weiß nur nicht wie …", murmelte sie, als Chloés

gleichmäßig rasselnder Atem zeigte, dass sie bereits wieder eingeschlafen war.

DER HINTERHALT

———————— ◆ ————————

JERUSALEM, 1099

Ein Hinterhalt!
Julien zückte seine Waffe und kam seinen Männern zu Hilfe. Es war ihm unmöglich, in der Finsternis Freund von Feind zu unterscheiden, als sein Schwert auf einen Gegner traf.

Lamar eilte zurück und riss die schmale Seitentür auf, um wenigstens etwas Licht hereinzulassen.

„Hierher, Männer! Rückzug!", brüllte Julien, drängte aber selbst in die goldene Halle hinein. Sein Schwertarm schmerzte bei jedem Hieb, den er gegen die Heiden austeilte, aber er schlug sich wacker bis zu den in arge Bedrängnis geratenen Zwillingen vor.

„Zurück!", rief er. „Raus hier, schnell!"

Matteo keuchte unter der Wucht eines orientalischen Säbels und strauchelte. Julien zerrte den Jungen am Kragen zur Seite und wehrte zugleich den gezielten Hieb auf die Kehle des unerfahrenen Kriegers ab.

„Lamar!", schrie Julien und warnte den Freund vor dem Feind in dessen Rücken. Als der Angreifer tödlich getroffen zu Boden ging, sprang Lamar über ihn hinweg und kam an Matteos Seite.

„Schaff dich und die Jungen hier heraus, Lamar! Du kannst deinen Schwertarm kaum noch gebrauchen!", befahl Julien.

Ihnen blieb keine Zeit, um durchzuatmen, denn schon kam ein dunkelhäutiger Krieger mit gebleckten Zähnen auf sie zu. Julien stellte sich dem Feind entgegen. Er vertraute darauf, dass Lamar tat, wie er ihm befohlen hatte. Schlag um Schlag trieb er den Heiden weiter zurück. Blind vor Adrenalin teilte er seine Hiebe aus, sein Atem drängte hart aus seiner Kehle. Das Kettenhemd schien ihm die Luft zu nehmen, und das Leder, das ihn schützen sollte, schnürte ihn ein.

Er war langsam. Sein Gegner, nur mit einer dünnen Leinenhose bekleidet, die muskulöse Brust nackt und glänzend von Blut und Schweiß, war deutlich wendiger, auch wenn dessen Säbel nicht die gleiche Spannweite hatte wie Juliens Schwert. Aus dem Augenwinkel sah er Gabriel, der einen der Kämpfer niederstreckte, aber sogleich von weiteren Kriegern angegriffen wurde.

Die Heiden kämpften wie Teufel, und Julien sandte ein Stoßgebet in den Himmel.

Das Klirren der Waffen vibrierte in seinen Adern, und es kam ihm vor, als würden aus Augenblicken Stunden. Der steinerne Boden war rutschig von Blut, und er spürte seine Kräfte rasch schwinden. Gerade parierte er den nächsten Streich, als er hinter sich einen gellenden Schrei hörte. Er fuhr herum. Ein Fehler! Der Schmerz durchfuhr ihn wie ein glühender Speer, als ihn die Klinge unter der Achsel traf. Das Schwert entglitt Juliens tauben Fingern, und ihm blieb nichts anderes übrig, als auf die versteckten Klingen an seinen Unterarmen zurückzugreifen. Das siegessichere Grinsen des Heiden erschien ihm wie eine dämonische Fratze, als dieser seinen Säbel schwang und laut brüllend auf ihn zu rannte.

Julien sah kurz auf den blutenden Jungen hinter sich. Quirin, dessen Leib wie in der Mitte halbiert war. Die schrecklichen Schreie kamen nicht von ihm, sondern von Matteo, der um seinen toten Bruder weinte. All dies realisierte Julien, während sein Gegner sich auf ihn stürzte. Julien drehte sich. Er hob den Arm. Duckte sich knapp unter der Klinge des Feindes hindurch, wehrte die tödliche Schneide mit den ledernen Armstulpen ab und trieb seinen Dolch in die nackte Brust des Heiden.

Nah. Er war dem Tod des Mannes so nah. Das warme Blut quoll ihm über die Hand, als er seinen Dolch noch einmal tief in dessen Leib rammte. Der heiße Atem des Sterbenden roch nach Zwiebeln. Julien drehte die Klinge und hörte erst auf, als er sah, dass das Leben aus den Augen des Feindes wich. Kraftlos stieß er ihn von sich und taumelte zurück. Matteos Schreie hatten sich entfernt, und auch das Getöse des Kampfes hatte sich verlagert. Er sah sich um. Dies war ein Ort des Todes, und er war froh, Gabriel unverletzt zu sehen. Der kam mit großen Schritten auf ihn zu.

„Julien! Bist du wohlauf?", rief sein Freund atemlos und schlug ihm auf die Schulter.

Julien zitterte. Das Blut lief ihm heiß an der Seite hinab, aber darum konnte er sich jetzt nicht kümmern.

„Es geht mir gut. Dieser Hurensohn hat mich erwischt, aber das Kettenhemd hat den größten Schaden verhindert. Wo sind die anderen?"

Gabriel sah sich um.

„Wir haben die meisten dieser Berserker gestellt, aber Henry und …", er sah hinüber zu der Leiche des jüngsten Kämpfers und schluckte, „… und Quirin sind den Märtyrertod gestorben."

Er bekreuzigte sich und schüttelte bedauernd den Kopf. Julien ging zu dem Jungen und schloss ihm die Augen, in denen noch nach seinem Tod die Angst zu stehen schien.

Er faltete ihm die Hände vor der Brust wie zum Gebet und versuchte, nicht darauf zu achten, dass dem Knaben das Gedärm aus dem beinahe abgetrennten Rumpf quoll.

Julien spürte kaum Gabriels Hand auf seiner Schulter.

„Komm, Juls. Deine Männer warten – diese Nacht ist noch lange nicht vorüber."

Mit gezogenen Waffen schlichen sie schließlich hinaus in die Nacht. Die Feuer, die über den Dächern von Jerusalem loderten, erhellten den Innenhof des Palastes. Seine Truppe hatte sich gesammelt, und zu ihren Füßen knieten einige Heiden. Aber Juliens Blick hing nur an Matteo, der kaum an sich halten konnte und sich immer wieder mit ganzer Kraft selbst auf den Kopf schlug.

Julien wusste, was der Junge tat. Er versuchte, seinen Schmerz zu überdecken und zu vergessen, was er hatte mit ansehen müssen. Er musste ihm helfen, oder Matteo würde den Verstand verlieren, so, wie ihr Gefährte Cecil. Cecil war als Knappe mit Louis ins Abendland gekommen. Dann war er an Ruhr erkrankt, und man hatte ihm anschließend nach einem Missgeschick bei einem Übungskampf die linke Hand abnehmen müssen. Das war zu viel gewesen, und er hatte den Verstand verloren. Noch einen seiner Männer durfte Julien nicht dem Wahnsinn anheimfallen lassen.

„Matteo", flüsterte er und schloss den Jungen in seine Arme. „Matteo, mein Freund. Du hast tapfer gekämpft, und wir alle wissen um deinen Schmerz. Aber dein Bruder ist ein Märtyrer, und sein Tod wird nicht umsonst gewesen sein. Er hat in Gottes Namen gekämpft und sich dadurch das Himmelreich verdient. Sein Platz ist nicht länger an unserer Seite, sondern im Paradies."

Matteo weinte unkontrolliert, aber Julien schob ihn von sich.

„Nun nimm dein Schwert und folge mir, denn unsere

Zeit, Quirin zu folgen, ist noch fern."

Als Matteo sich den Rotz aus dem Gesicht wischte, kam auch in die restliche Truppe wieder Bewegung.

„Diese Schweine haben uns in einen Hinterhalt gelockt", rief Louis und trat einem der Gefangenen mit dem Stiefel in den Magen. Der keuchte und spuckte verächtlich auf Louis' Schuhe, was ihm gleich von drei weiteren Rittern Tritte einbrachte.

Julien sah sich um. Flammen loderten über dem Stadtzentrum. Die runden Kuppeln der Tempel erhoben sich vor dem Inferno, und die Schreie der Sterbenden klangen im Prasseln der Feuer wie geisterhafte Musik.

„Der Palast ist jetzt sicher", stellte er fest. „Wir verriegeln den Haupteingang und bringen die Gefangenen hinein. Lamar und Louis, ihr übernehmt die Bewachung. Matteo wird bei euch bleiben, denn er ist nicht in der Verfassung, weiterzukämpfen. Außerdem schwöre ich bei Gott, seiner Mutter wenigstens einen Sohn lebend zurückzubringen."

Die Männer nickten.

„Arjen, Gabriel und ich verschaffen uns einen Überblick. Wir kämpfen uns in die Stadt vor und sehen, was wir tun können. Der Rest von euch sichert die Stadttore. Jeder Mann, der sich ergibt, sowie jede Frau und jedes Kind, die ihr aufgreift, schafft ihr zu Lamar in den Palast."

Cruz nickte. „Und wer Widerstand leistet …?"

Alle Augen ruhten auf Julien. Besonders Lamars Blick verlangte nach der richtigen Antwort. Julien zögerte. Er war hierhergekommen, um Gottes Willen zu erfüllen. Und so sehr er auch verabscheute, was die Soldaten des Papstes in dieser Nacht in Jerusalem taten, so war er doch dem gleichen Ruf gefolgt wie sie. Er nickte in Lamars Richtung: „Tötet alle, die sich euch widersetzen! Deus lo vult!"

Jerusalem war eine Stadt der spitzen Türme, Bögen und Stufen. Es war Julien als einem Fremden beinahe unmöglich, sich in den verwinkelten Gassen zu orientieren. Überall lauerten Feinde. Auf den Dächern über ihnen, unter den Brücken, die nicht über einen Fluss, sondern über einen tiefer gelegenen Bereich der Stadt hinwegführten, und hinter all den orientalischen Bogenfenstern der fremdartigen Gebäude. Und trotz der Kühle der Nacht warfen die sandigen Mauern, die die Stadt durchzogen, die Hitze des vergangenen Tages zurück.

Warm spürte Julien den Stein in seinem Rücken, als er sich in dessen Deckung weiter in das Herz Jerusalems hinein bewegte. Mit jedem Schritt, der sie näher an den brodelnden Kessel der Schlacht heranführte, wurden die Schreie lauter, und die Gewalt lag greifbar in der Luft. Sie stiegen über Hunderte von Leichen hinweg, und Julien war sich sicher, darunter nicht nur Heiden gesehen zu haben. Jeder, der das Pech hatte, sich innerhalb der hohen Stadtmauern zu befinden, war des Todes.

Die Schatten seiner Freunde hinter sich gaben ihm Kraft, und er berührte kurz das goldene Kreuz, das er an einer Kette um den Hals trug. Der Rauch, der beißend zwischen den Häusern hing, brannte ihnen in den Augen. Der Kampf war nun nah, und Arjen nickte, um zu zeigen, dass er bereit war.

„Ihr sucht Raimund von Toulouse oder einen der anderen Befehlshaber und erfragt weitere Anweisungen. Ich versuche, auf einen der Türme zu gelangen, um mir von oben einen Überblick zu verschaffen", befahl Julien.

Gabriel hob sein Schwert, und auf Juliens Zeichen hin stürmten die beiden den Kampfgeräuschen entgegen.

Julien atmete nur einmal tief durch, ehe er sich nach einer Möglichkeit umsah, auf die Dächer der Häuser zu gelangen. Er steckte sein Schwert in die Scheide auf seinem Rücken und rannte geduckt die Gasse entlang. Ein Fuhrwerk an einer Mauer war genau das, wonach er gesucht hatte. Er stieg auf den Karren und schwang sich von dort nach oben. So schnell es dieser schmale Pfad auf dem Stadtmauerring in luftiger Höhe zuließ, schlich er über Tore und Plätze hinweg, und betete, kein loser Stein möge ihm zum Verhängnis werden.

Unter ihm tobte der Kampf, und er musste mit ansehen, wie gnadenlos das päpstliche Heer vorging. Die Straßen Jerusalems waren mit Blut getränkt. Julien erreichte ein Dach und erklomm über eine Fensterbalustrade ein noch höheres Gebäude. Die Bauweise der flachen Dächer kam ihm dabei sehr gelegen. Der Schweiß rann ihm den Rücken hinab, als er sich unter Schmerzen über die Brüstung zog. Seine Wunde brannte wie Feuer, und jede Bewegung kostete ihn Überwindung.

Von seinem Aussichtspunkt aus konnte er das ganze Ausmaß erkennen. Die Banner mit dem roten Kreuz, die Zeichen ihrer heiligen Mission, wehten im nächtlichen Wind. Sie waren rußig, blutbeschmiert und ragten wie teuflische Hörner aus den tosenden Massen des Massakers hervor.

Entsetzt trat er an die Brüstung, als etwas haarscharf an seinem Kopf vorbeizischte. Es war weniger eine Reaktion als ein Impuls, der ihn sich ducken und nach seinem Schwert greifen ließ. Auf dem Dach gegenüber kniete eine Gestalt, und Julien sah, wie diese die Sehne eines Bogens erneut spannte. Der Pfeil surrte, verfehlte ihn diesmal aber ein ganzes Stück. Schnell trat er einige Schritte zurück, nahm Anlauf und sprang. Angriff war die beste Verteidigung.

Der Schmerz fraß sich wie der Biss einer giftigen

Schlange durch seinen Leib, als er hart auf dem Dach aufschlug. Er rollte sich ab und kam keuchend auf die Beine. Aus der Nähe betrachtet war sein Gegner nur wenig beeindruckend, denn Julien überragte den Kämpfer um gut zwei Köpfe, aber dieser hatte seinen gespannten Bogen auf ihn angelegt. Julien macht einen Schritt zur Seite. Der Pfeil im Anschlag folgte seiner Bewegung.

Das Herz pochte in seiner Brust. Einem Pfeil auf solch kurze Distanz auszuweichen, war unmöglich. Seine Augen brannten. Verlangten, dass er blinzelte, aber Julien wusste, dass dies sein Ende wäre. Stattdessen fixierte er den Gegner mit seinem Blick. Versuchte, dessen nächste Bewegung zu erahnen.

„Ihr kämpft für eine Lüge, Soldat!", rief der Bogenschütze, und Julien zuckte zusammen. Eine Frau? Stand er einer Frau gegenüber? Trotz des fremdartigen Klangs der Worte war er sicher, die Stimme einer Frau vernommen zu haben.

„Du sprichst unsere Sprache?", fragte er und wich einen Schritt zurück. Er wollte keine Frau angreifen, sich aber auch nicht von einer töten lassen.

Sie nickte. Zumindest glaubte Julien das, denn ein dunkler Umhang verbarg nahezu die ganze Gestalt. Nur ihre dunkel glänzenden Augen und der Arm, der den Bogen spannte, schauten hervor. Lederbänder, die um die Armmuskeln geschlungen waren, um das Zittern beim Spannen des Bogens zu verhindern, zeichneten sich von bronzefarbener Haut ab.

„Wie könnte ich euch sonst davon überzeugen, dass euer Gott eine Lüge ist? Dass es Beweise gibt, dass ihr Christen mit eurem Glauben einer riesigen Lüge aufsitzt?"

Julien straffte die Schultern. Elende Heiden mit ihrem gotteslästerlichen Geschwätz!

„Ergib dich, Weib, dann wirst du diese Nacht überleben!", forderte er, obwohl er sich in der schlechteren Position befand. Allerdings war Julien davon überzeugt, dass ihm eine Frau nicht wirklich gefährlich werden konnte.

Sie lachte und schüttelte den Kopf.

„Niemals! Die Wahrheit wird hier – heute Nacht – nicht sterben, selbst wenn ich es tue! Geh, du tapferer Krieger! Geh zu deinen Männern und töte für die größte Lüge der Menschheit! Töte mich, wenn dich das befriedigt, aber die Wahrheit wirst du dadurch nicht töten."

Sie lockerte den Griff um den Bogen, drehte sich um und sprang mit einem Satz vom Dach.

Julien folgte ihr an die Brüstung und sah ihr nach.

Sie hatte sich rückwärts durch eines der Sonnendächer, die in dicken Stoffbahnen über manche Höfe gespannt waren, fallen lassen. Zwar war der Stoff gerissen, hatte aber ihren Fall soweit gebremst, dass sie nun wie ein Geist mit der Nacht verschmolz.

Auf diesem Weg kam Julien ihr nicht nach, denn das Dach würde ihn nicht mehr halten. Wütend fuhr er sich durchs Haar und sah sich nach einem anderen Weg nach unten um, als er einen gellenden Schrei in der Dunkelheit vernahm, aus der Richtung, in die die Frau verschwunden war.

„Himmel hilf!", rief er und schwang sich auf ein tiefer gelegenes Mauerstück. „Ich riskiere meinen Kragen für ein gotteslästerliches Weibsbild!"

DER LETZTE TANZ

PARIS, HEUTE

D er Club war gut besucht.

Zumindest etwas, dachte Fay, als sie das rote, mit Pailletten bestickte Oberteil über ihren Brüsten zurechtrückte und sich in dem angelaufenen Spiegel musterte. In dem heruntergekommenen Hinterzimmer machten sich die Mädchen für ihren Auftritt fertig, und eine verdächtige Spur weißen Pulvers zeigte, dass manche mehr brauchten als nur etwas Mut, um sich Tag für Tag von den perversen Kerlen anglotzen zu lassen.

Fay zog an ihrer Zigarette und zupfte sich die roten Locken zurecht. Ihre Augen waren tiefschwarz geschminkt, und die roten Lippen eine laszive Einladung zu schmutzigen Fantasien. Sie sah billig aus. Das war gut, denn heute war *billig* Gold wert.

Das war schon ihr zweiter Auftritt an diesem Tag. Der erste hatte ihr gutes Geld gebracht, aber vor dem kommenden graute es ihr. Es war Happy Hour und Anfassen damit erlaubt. Fay schluckte ihren Ekel hinunter, schloss die Riemen ihrer High Heels und drückte die Zigarette aus. Sie hasste ihren Job. Und sie hasste sich selbst, weil sie ihn machte.

Die Musik wechselte, und Fay schob ein letztes Mal ihre Brüste nach oben, straffte ihre Schultern und trat durch den Vorhang.

Wie immer brauchte sie einen Augenblick, um in den grellen Lichtern, die auf sie gerichtet waren, ihr Publikum zu erkennen. In diesem Moment redete sie sich ein, nicht im *Café de Nuit* zu tanzen, sondern in einem angesehenen Theater. Dann holte sie – wie immer – der erste Pfiff eines Gastes auf die schmutzigen Bretter der Realität zurück.

Fay lächelte und leckte sich über die Lippen. Der Kerl schien zufrieden, und so hob sie ihre Arme über den Kopf und griff nach der Stange.

Er rannte durch die Nacht. Auf den Straßen drängten sich noch immer unzählige Menschen, obwohl die Paraden längst vorüber waren. Ein Blick über die Schulter zeigte ihm, dass es ihm trotzdem nicht gelungen war, die Distanz zwischen sich und seinem Verfolger zu vergrößern. Er drängte sich auf die Straße, hetzte zwischen den fahrenden Wagen hindurch und ignorierte das Hupen der Fahrer, die wegen ihm scharf bremsen mussten.

Sein Feind folgte ihm noch immer.

Er stieß einen Mann um, als er die andere Fahrbahnseite erreichte. Dessen Fluch folgte ihm, aber er schenkte dem keine Beachtung. Vor ihm lag *La Madeleine*, und er eilte die Stufen der Kirche hinauf. Das Licht, welches die mächtigen Säulen des Portikus bei Nacht in Szene setzte, wirkte gespenstisch, und sein Atem, der ihm beinahe so laut wie der Hall seiner Schritte in dem marmornen Säulengang erschien, brannte in seiner Brust.

Er musste von der Straße! Obwohl ihm gerade heute aufgrund der vielen kostümierten Teilnehmer der Paraden keiner besondere Aufmerksamkeit schenkte, wollte er doch vermeiden, so gesehen zu werden.

Er hatte sich zu sicher gefühlt! Sie alle hatten diesen Fehler begangen, wie ihm nun klar war. Es musste einen Feind in den eigenen Reihen geben. Aber wer? Jedem von seinen Gefährten hätte er sein Leben anvertraut. Etwas, das ihn nun teuer zu stehen kommen konnte ...

Schnell sprang er die Stufen auf der Rückseite der Kirche wieder hinunter und überquerte erneut die Straße. Der lange Lederumhang über seinen Schultern gab ihm Schutz, klatschte aber bei jedem Schritt gegen seine Beine. Das weiße Hemd darunter klebte ihm nass am Rücken, und das dunkelrote Wams, welches von dem breiten Gürtel zusammengehalten wurde, hätte an allen andern Tagen des Jahres sämtliche Blicke auf ihn gelenkt. Er wusste, es war riskant, sich so zu zeigen, aber diese Kleidung war wie eine zweite Haut für ihn und hatte ihm so manches Mal das Leben gerettet.

Er drückte sich an den Stamm eines Baumes und suchte die Gegend ab. Ein Versteck. Etwas, wo er seinen Verfolger abschütteln konnte. Wie von selbst wanderte seine Hand an den Lederbeutel an seinem Gürtel. Ihm blieb nicht viel Zeit. Er brauchte einen Boten, wenn er selbst nicht entkommen konnte.

Die leuchtenden Reklameschilder der Boutiquen, Bars und Restaurants spiegelten sich in den vorbeirauschenden Fahrzeugen. Vielleicht hatte er dort eine Chance.

———◆———

Fay biss die Zähne zusammen und lächelte, als die feuchte Hand des Gastes über ihren Hintern strich. Mit aller Kraft drängte sie den Impuls nieder, ihm eine zu verpassen, und zupfte ihm stattdessen den Geldschein aus den Fingern. Ihr Lächeln kam ihr wie angetackert vor. Es schmerzte. Ein anderer Gast mit wild wucherndem Vollbart winkte sie zu sich, und Fay zwinkerte ihm keck zu. Sie umrundete die Stange und spreizte ihre Beine. Sein Blick hing wie gebannt in ihrem Schritt, und Fay konnte selbst von der Bühne aus die Beule in seiner Hose erkennen. Sie wusste, hier war Geld zu machen.

Lasziv reckte sie sich ihm entgegen und kam näher. Er fasste ihr an die Brust, und schnell hielt Fay ihn auf. Als er Einspruch erheben wollte, legte sie ihm den Finger auf die Lippen. Sie sah ihm in die Augen. Er war scharf auf sie. Gier sprach aus seinem Blick, und so führte sie seine Hand über ihren flachen Bauch bis zwischen ihre Schenkel. Der Bärtige keuchte, als seine Finger auf ihrem Venushügel zum liegen kamen. Die anderen Männer grölten und pfiffen und boten Fay ihr Geld an, um in einen ähnlichen Genuss zu kommen. Mit einem bedauernden Schulterzucken befreite sich Fay von dieser viel zu intimen Berührung und tanzte die Reihe der Scheine ab. Feuchte Finger und schwitzende Hände strichen über ihre Haut, und es kostete sie ihre ganze Kraft, dennoch zu lächeln.

Die Nebelkanone setzte ein. Für Fay das Zeichen, langsam zum Ende zu kommen. Sie trat in den Schutz des blauen Dunstes und löste ihr Oberteil. Dann drehte sie sich wieder ins Licht und rieb sich über ihre nackten Brüste. Streichelte ihren Bauch, ihren Hintern und fuhr sich durchs Haar, drehte sich im roten Scheinwerferlicht und wippte mit dem Busen.

Die Männer jubelten, und Geldscheine winkten. Die erhitzten Gesichter der Kunden, der Lärm in der Bar und der Gestank des künstlichen Nebels machten Fay schwindelig, als sie wie eine Katze, langsam und geschmeidig, an den Gästen vorüberkroch. Sie blendete die Hände an ihrem Busen, die Klapse auf ihren Po und den

Versuch eines Typen, ihren Fuß abzulecken, aus und zählte die letzten Takte des Songs bis zu ihrer Erlösung.

Sie rollte sich auf den Rücken, spreizte ein letztes Mal die Beine und zog sich an der Stange hoch. Die Lichter blendeten grell, als sie sich nach den verstreuten Scheinen bückte.

———————◆·———————

Er hörte die raschen Schritte seines Verfolgers hinter sich, als er sich über die Motorhaube eines geparkten Kleinwagens rollte und weiter den Bürgersteig entlang floh.

Ein Feuer explodierte in seinem Rücken und fraß sich durch sein Fleisch. Er taumelte nach vorne, getrieben von … dem Schlag? Was war geschehen? Sein Atem kam gepresst, und er fasste sich an die Brust. Blut.

Er hetzte weiter, jeder Schritt eine Qual, und versuchte zu verstehen, was geschehen war. Im Gehen riss er sein Wams auf, sah den rasch größer werdenden Blutfleck auf seinem Hemd – und die Antwort auf seine Fragen. Eine glänzend rote Pfeilspitze. Er strauchelte, aber er zwang sich weiter. Der Beutel an seiner Seite! Er brauchte ein Versteck, denn die rubinrote Pfeilspitze hatte sich in seinen Rücken und durch sein Fleisch bis in die Brust gebohrt.

Er war verloren!

Vor ihm trat eine Gruppe Männer aus der Tür einer Bar auf die Straße. Lachend und scherzend blockierten sie seinen Weg. Mit letzter Kraft mischte er sich unter sie und schlüpfte in die Bar.

Es war schummrig und verraucht, und, obwohl er gehofft hatte, hier unbemerkt untertauchen zu können, starrten ihn alle an. Schlagartig herrschte Ruhe. Er schnaufte gepresst. Sah sich um. Ein Fluchtweg – wo war er?

Die leicht bekleideten Kellnerinnen kreischten, als sie das Blut auf seinem Hemd sahen, und klammerten sich Schutz suchend an die Arme ihrer männlichen Gäste oder flohen panisch hinter den Tresen. Ein dicker Kerl, der seiner schwarzen Kleidung und der unverzichtbaren Sonnenbrille zufolge der Türsteher sein musste, kam auf ihn zu – und sah nicht erfreut aus.

Mit einer langsamen Bewegung, die ihm Höllenqualen bereitete, streifte er sich die Kapuze seines Überwurfs ab, wobei jeder die Klingen an den ledernen Stulpen seiner Arme sehen konnte. Der Dicke zögerte.

Ihm war schwindelig. Die Luft vermochte es kaum, den Weg in seine Lunge zu finden, und der Druck auf seiner Brust wurde immer stärker. Sein Blick warnte alle, sich ihm besser nicht in den Weg zu stellen, als er Schritt für Schritt die Bar durchquerte. Magisch angezogen von dem einzigen Versteck, auf das er seine Brüder vielleicht noch hinzuweisen vermochte.

Fay konnte ihren Blick nicht von dem Mann nehmen, der auf sie zukam. Die dunklen Locken hingen ihm in die Stirn, der kurze Bart verlieh ihm zusammen mit seiner ungewöhnlichen Kleidung etwas Geheimnisvolles. Das Gesicht war schmerzverzerrt, aber seine schwarzen Augen unter den dichten Brauen wirkten entschlossen, als er weiter durch den Raum ging. Die Gäste machten ihm den Weg frei, drängten zurück und hoben ergeben die Hände.

Fay spürte den Blick des Fremden, der sich in sie zu bohren schien, als er den erstarrten Gast vor ihr achtlos beiseitestieß. Mit seinem Stiefel trat er gegen den Hebel, der die Nebelmaschine erneut in Gang setzte, und sprang auf die Bühne, als der künstliche Dunst ausströmte.

Fay atmete, als wäre sie gerannt, so sehr peitschte sie die Furcht. Aber es war nicht direkt der Mann, der diese auslöste, sondern das, was ihn umgab. Es war seine Aura, die so ungewöhnlich war, dass alle um sie herum es zu bemerken schienen. Da war das Blut an seiner Kleidung, seine offensichtlichen Schmerzen, der Schweiß auf seiner Stirn. Seine Entschlossenheit zusammen mit dem Hauch von Verzweiflung, die ihn anzutreiben schien – und unter all dem lag etwas Altes. So alt wie die Menschheit, das aber nur selten so roh zu fühlen war. Angst.

Dieser Mann hatte trotz der tödlichen Klingen an seinen Armen Angst.

Als Fay das erkannte, war er schon bei ihr. Ihr panischer Schrei vermischte sich mit den überraschten Rufen der Gäste, als ein weiterer Mann in einem ähnlich ungewöhnlichen Outfit in die Bar stürmte.

Wie am Rande eines Traumes bemerkte Fay den Neuankömmling außerhalb ihrer künstlich geschaffenen Nebelschwade, denn ihr ganzes Sein konzentrierte sich auf den Mann, der seine Hände grob um ihre Oberarme schloss. Sein derber Umhang kratzte über ihre nackte Haut, und sie spürte sein blutfeuchtes Hemd an ihrem Bauch, als er sich gegen sie presste und ihren Mund mit einer Hand verschloss.

„Hör zu!", befahl er, ehe er sie weiter in den Nebel der Maschine schob und damit die Welt aussperrte.

„Hör gut zu!" Sein Atem kam gepresst, und er kniff kurz die Augen zu, als müsse er den Schmerz zurückdrängen.

„Ich werde dir nichts tun, aber du musst jetzt genau machen, was ich dir sage, verstehst du mich?"

Fay nickte. Sie schmeckte das Salz auf seinen Fingern

und fühlte sein Blut warm an ihrer Seite hinunterlaufen, als er sich bewegte. Ohne ihren Körper freizugeben, drückte er ihr etwas in die Hand. Es war ein Beutel, um den er schmerzhaft fest ihre Finger schloss.

„Gib das Julien! Niemandem sonst! Die Zukunft der Menschheit hängt davon ab, dass dies nicht in die falschen Hände gerät, hörst du?"

Fay zitterte. Die Hand auf ihrem Mund erstickte sie fast, und das Gewicht des Mannes, der sich gegen sie presste, ließ sie wanken. Sein Atem, so heiß an ihrem Ohr, verstärkte noch die Eindringlichkeit seiner Worte, und so nickte sie, auch wenn sie ihn für verrückt hielt. Der kalte Stahl der Klingen an seinen Armstulpen ritzte ihr in die Haut, als er sich bewegte, und sie zuckte zurück.

„Nicht!", befahl er und verhinderte jede weitere Regung, indem er sich noch dichter an sie presste.

„Julien wird dich finden. Gib es nur ihm! Sag ihm …"

Ein Surren zerschnitt seine Worte, und er schlug hart gegen Fay. Kraftlos klammerte er sich an sie und sah zwischen ihren Körpern hinab.

Im grellen Licht der Scheinwerfer glänzten ihre Brüste rot von seinem Blut, welches an ihr hinabbrann und ihren glitzernden String besudelte. Sein Blick glitt über sein Hemd, über seine Brust bis hinab zu dem breiten Gürtel, und er schien überrascht, zwei glänzende Pfeilspitzen aus seinem Körper ragen zu sehen.

Erschrocken wollte Fay sich wehren. Sie versuchte, sich loszureißen, als sie die Pfeilspitzen sah, die ihn durchbohrt hatten.

Obwohl er schwer verwundet sein musste, rüttelte er sie überraschend kräftig und griff ihr in die Locken, um sie festzuhalten.

„… Sag ihm … die Bruderschaft … ein Verräter", er

hustete und spuckte Blut. Er sah über die Schulter. Bemerkte offensichtlich den Mann in der Kutte, der auf die Bühne zukam. Eine schnelle Bewegung seines Armes ließ eine Klinge in seine Handflächen gleiten – und mit einem raschen Schnitt trennte er eine Strähne von Fays flammenden Haaren ab.

„Versteck es!", keuchte er ihr ins Ohr, ehe er sie von sich stieß und durch den Vorhang hinter die Bühne floh.

<hr/>

Fay taumelte rückwärts und stürzte von der Tanzfläche. Ihr Kopf schien unter der Wucht des Aufpralls zu bersten, und sie spürte die helfenden Hände kaum, die besorgt versuchten, sie aufzurichten. Ihr Blick hing an dem wehenden Umhang des Mannes, mit dessen Blut sie beschmiert war. Wer war der Kerl, und was …?

Benommen fasste sich Fay an die Stirn und bemerkte erst jetzt den Beutel in ihrer Hand. Ängstlich suchte sie die Umgebung ab, aber der Kuttenträger war nicht mehr zu sehen. Im nächsten Moment schob Gino die Kerle weg, die sich teils gaffend, teils entsetzt um sie geschart hatten, und half ihr hoch.

„Weg da! Haut ab!", rief er und hob Fay vom Boden auf. Sie ließ es geschehen, nicht nur, weil ihr jeder Knochen schmerzte, der Schock des Erlebten die Knie zittern ließ und sie es nicht ertrug, die Blicke der Männer noch länger auf sich zu spüren. Sondern auch, weil sie so den Lederbeutel zwischen sich und dem Türsteher verbergen konnte, als er sie durch die Menge trug.

Ihr kam es vor, als wäre ein Jahr vergangen seit dem Moment, als sie das kleine Hinterzimmer verlassen hatte, um zu tanzen, und jetzt, wo Gino sie blutbeschmiert wieder hier absetzte. Sie zitterte unkontrolliert, und der Versuch, das Blut des Fremden abzuwischen, war vergeblich.

„Geht es dir gut? Bist du verletzt?", fragte Gino irritiert wegen des vielen Blutes.

War sie verletzt? Fay wusste es nicht genau. Sie hatte Kopfschmerzen, ihr war kalt, und die Schulter pochte furchtbar, aber das Blut … Sie sah an sich hinab, suchte nach einer Wunde. Nein, das Blut war nicht von ihr. Sie schauderte, als sie an die beiden roten Pfeilspitzen dachte, die die Brust des Mannes durchbohrt hatten.

„Fay?", hakte Gino noch einmal nach.

„Hm … nein, ich … ich denke, mir geht es gut."

„Du bist ganz blass."

Fay strich sich das Haar aus dem Gesicht und bemerkte die kurzen Fransen, dort, wo der Fremde ihr die Strähne abgeschnitten hatte.

„Mir geht es gut, wirklich. Vielleicht lässt du mich kurz allein … ich … brauche einen Moment für mich."

„Sicher, Süße. Wenn du was brauchst …"

„Danke, Gino. Aber ehrlich, ich komme klar. Sieh lieber nach der Hintertür. Nicht, dass diese Spinner hier noch irgendwo herumlungern", unterbrach sie ihn und nickte in Richtung des schäbigen Vorhangs, der das Hinterzimmer vom Flur und der Bühne trennte.

„Mach ich. Und die Polizei ruf ich auch! Dass die Spinner aus ihren Löchern kommen, sobald sich ihnen eine Gelegenheit bietet, sich zu verkleiden! Immer das gleiche Spiel!"

Damit verschwand der Rausschmeißer, und Fay atmete erleichtert aus. Sie vermied den Blick in den Spiegel vor sich und ließ stattdessen den Beutel auf den Schminktisch fallen. Erst jetzt bemerkte sie, wie verkrampft sie ihre Finger um das Leder geschlossen hatte. Sie machte eine Faust und löste sie wieder, ehe sie sich eine Zigarette aus der Schachtel fischte. Es dauerte einen Moment, bis es ihren zitternden Fingern gelang, diese anzustecken, aber als sie den Rauch tief in ihre Lunge sog, fühlte sie sich besser. Sie drehte den Wasserhahn auf, und das heiße Wasser dampfte so, dass der Spiegel beschlug. Fay stellte es etwas kühler und zog sich den String aus. Das Blut des Fremden hatte seinen Weg bis auf ihre Schenkel hinunter genommen, und es sah fast aus, als wäre es aus ihr herausgeflossen.

Sie rieb sich kräftig übers Gesicht, um das Erlebte zu vertreiben und die aufsteigende Panik niederzuringen. Die Spitze der Zigarette glühte hell auf, als sie erneut einen tiefen Zug tat.

Die Kippe zwischen den roten Lippen, fing sie an, sich zu waschen. Es war nicht so einfach, das getrocknete Blut abzuwaschen, und ihre Haut war rotgescheuert, als sie schließlich erschöpft aufgab. Sie würde noch mindestens ein Dutzend Mal duschen, ehe sie das Gefühl haben würde, nicht länger mit Blut beschmiert zu sein. Mit dem Finger fuhr sie die dünne rote Linie nach, die die Klinge des Fremden oberhalb ihres Bauchnabels hinterlassen hatte. Es war nur ein Kratzer, aber erschreckend genug, um ihr den Schweiß ausbrechen zu lassen.

Was war da gerade geschehen? Es war alles so verdammt schnell gegangen.

„Scheiße! Was für eine Scheiße!", fluchte Fay noch immer zitternd und drückte die Zigarette aus.

Wer zur Hölle war dieser Kerl gewesen? Ein Spinner, wie Gino glaubte? *Nein, denn dann wären es mehrere Spinner gewesen!* Der Verfolger fiel ihr ein, seine Kutte – oder was immer das gewesen war. Ungewöhnlich hatte sie ausgesehen, aber sie war ihr doch nicht wie ein Kostüm vorgekommen. Und dann das Blut … Fay schüttelte es. Das Blut war definitiv echt gewesen, genau wie die furchtbare Verletzung des Mannes. Daran bestand kein Zweifel.

Zögernd nahm Fay den Beutel in die Hand, den der Fremde ihr gegeben hatte. Ein Lederbeutel. Wie merkwürdig. Wer trug denn einen Lederbeutel bei sich? Fay sah über ihre Schulter, aber vor dem Vorhang war alles ruhig. Die Musik in der Bar lief wieder, und anhand der Pfiffe, die gelegentlich ertönten, erkannte sie, dass die Gäste recht schnell über die ungewöhnliche Unterbrechung hinweggekommen waren.

Vielleicht hatten die ja nicht bemerkt, dass der Mann, der zu ihr auf die Bühne gekommen war, schwer verletzt gewesen war? Vielleicht hatten sie es für eine besondere Showeinlage gehalten? Das war möglich, denn der Nebel musste das Meiste vor deren Augen verborgen haben.

Fay wog den Beutel in ihren Händen. Er war nicht sonderlich groß und auch nicht besonders schwer. Zögernd öffnet sie das Zugband und spähte hinein. Was war denn das? Sie sah genauer hin.

Heilige Scheiße!

Ihr Puls beschleunigte sich, und sie presste den Beutel an sich, sah sich um. Sie war allein. Noch einmal warf sie einen Blick hinein.

Sollte sie damit zur Polizei gehen?

DER VERLUST

———————— ◆ • ————————

D er Morgennebel zog träge von der *Seine* herauf und hüllte die ufernahen Straßen in einen geheimnisvollen Schleier.

Julien Colombier eilte mit großen Schritten die Straße entlang. Sein dunkler Ledermantel blähte sich hinter ihm, und die Feuchtigkeit drang durch sein weit geschnittenes Hemd. Louis gelang es neben ihm kaum, Schritt zu halten. Beiden stand die Sorge ins Gesicht geschrieben. Mit einem raschen Blick auf den frühen Berufsverkehr überquerten sie die Fahrbahn und beugten sich über das Geländer der Uferpromenade.

„Du glaubst doch nicht, dass ihm etwas zugestoßen ist, oder?", fragte Louis und suchte mit den Augen die Wasseroberfläche ab.

Julien zuckte die Schultern und fuhr sich durch sein nackenlanges dunkelblondes Haar. Als wollten die Strähnen verhindern, dass sich sein Blick auf das heftete, was er nicht zu finden hoffte, fielen sie ihm zurück in die Stirn.

„Wo ist er dann? Gabriel wäre nicht einfach spurlos verschwunden! Nicht, nachdem wir endlich fanden, was wir so lange gesucht hatten!"

„Vielleicht feiert er unseren Triumph bei einer Hure?", schlug Louis leichtfertig vor, aber seine zusammengekniffenen Augen und die Sorgenfalte auf seiner

Stirn straften seine lockeren Worte Lüge.

„Nicht Gabriel", stellte Julien nüchtern fest. „Jeden anderen von euch würde ich erst in den Bordellen der Stadt oder zwischen den gespreizten Schenkeln irgendeiner Frau vermuten, aber nicht ihn."

Louis senkte verschämt den Blick. Nach der Sache in Rom hatte Gabriel sich auf keine Frau mehr eingelassen, und Louis war daran nicht ganz unschuldig. Julien wusste, er hatte ins Schwarze getroffen.

„Wo zum Teufel ist er dann?"

Julien sah dem langhaarigen Mann an seiner Seite ins Gesicht. Ein Gesicht, das ihm so vertraut war wie sein eigenes. Die Adlernase und die eng stehenden schmalen Augen ließen Louis immer misstrauisch wirken. Und, wenn er wie jetzt, auch noch besorgt die schmalen Lippen unter seinem Bart zusammenpresste, sah er fast bedrohlich aus.

„Wollen wir das wissen?"

Julien sah sich unsicher um. Nichts kam ihm verdächtig vor. Aber auch das war verdächtig.

„Wenn wir ihn hier finden … dann …"

„Juls – dort drüben!"

Juliens Blick folgte der Richtung, in die Louis deutete. Hilflose Wut packte ihn, als er seinen Gefährten an einer der Treppen, die hinunter zum Wasser führten, entdeckte.

Reglos.

„Komm!", rief Julien und sah sich ein weiteres Mal um. Er glaubte, Blicke in seinem Rücken zu spüren, aber er konnte nichts entdecken. Die Straßen waren bis auf die vorbeifahrenden Autos menschenleer. Mit einem Satz schwang er sich über das dunkle Geländer und ließ sich die Kaimauer hinab fallen. Louis tat es ihm nach und landete elegant in der Hocke. Zögernd näherten sie sich Gabriel. Es war ein merkwürdiges Gefühl der Angst, welches sich um

Juliens Herz schloss. Verlust war ihm nicht neu, aber der Verlust eines Gefährten, eines Bruders …

Julien bemerkte, dass seine Hände zitterten, als er neben seinem alten Freund niederkniete und dessen Puls fühlte. Aber allein Gabriels Körpertemperatur zeigte ihm, dass sie zu spät kamen.

Gabriel war tot.

„Nein!", flüsterte Louis, und Julien war es, als stürzte er in einen bodenlosen Abgrund. Sein bester Freund, sein Vertrauter, der Mensch, der ihm in all der Zeit am nächsten gestanden hatte, sollte tot sein? Tausend Jahre Freundschaft – vorüber? Das Bild seines toten Gefährten verschwamm ihm vor Augen, und uralter Kampfeslärm übertönte seine Gedanken. Er schüttelte den Kopf, um diese zu verdrängen, aber es gelang ihm nicht.

Julien war in Richtung der Schreie gerannt. Seine Schritte hatten dumpf durch die Gassen Jerusalems gehallt, und er fluchte. Himmel! Er war dabei, sich in diesem Gewirr zu verlaufen. Sein Schwertarm pochte, und ein warmes Rinnsal seines Blutes sickerte aus der Wunde an seiner Seite hinab.

Als er die nächste Ecke erreichte, hob er kampfbereit sein Schwert. Das Bild, welches sich ihm bot, war typisch für diese Nacht. Julien hätte sich am liebsten selbst dafür verdammt, einer der Männer zu sein, von denen man später sprechen würde, wenn man von der Nacht erzählte, in der Jerusalem gefallen war.

Drei Soldaten, mit Kreuzen auf den Kutten, drückten eine Frau zu Boden, ihre Schwerter auf deren Kehle gerichtet. Ihr derbes Lachen, ihre Späße, während der vierte, ein dicker Wanst, sie schändete, waren mehr, als Julien dulden konnte. Der blanke Hintern des Dicken hob sich, als er grunzend wieder und wieder in die weinende

Frau stieß. Ihr Gesicht war verquollen von Schlägen, und aus ihrem Mund lief Blut.

Es war die Bogenschützin vom Dach.

Keiner bemerkte, dass Julien näher trat, so besessen waren sie von ihrem widerlichen Treiben.

„Im Namen Gottes!", rief er und hob seine Klinge. „Lasst sofort von dieser Frau ab!"

Er setzte seine Waffe dem Vergewaltiger in den Nacken und registrierte zufrieden, wie dieser erstarrte.

Nicht so dessen Kameraden, die sogleich in Verteidigungshaltung gingen. Drei Schwerter, die auf ihn gerichtet waren, versprachen kein leichtes Spiel.

„Was mischst du dich ein?", rief einer wütend, dessen krumme Nase wohl schon mehrfach gebrochen worden war. „Diese Dirne wird die Nacht nicht überleben, also warum es ihr nicht noch einmal ordentlich besorgen?"

Julien trat näher.

„Du, steig von der Frau – oder ich töte dich!", befahl er dem Fettwanst.

„Und ihr …", er wandte sich an den Rest der Truppe, „ihr bildet euch zu viel ein, wenn ihr annehmt, es mit euren mickrigen Schwänzen irgendeiner Frau ordentlich besorgen zu können! Denn könntet ihr das, müsstet ihr euch keine gegen ihren Willen gefügig machen, richtig?"

Er stieß den Vergewaltiger mit dem Stiefel zu Boden und stellte sich schützend vor die Frau. Sie weinte, war aber geistesgegenwärtig genug, sich mit ihrem zerschlissenen Umhang zu bedecken.

„Wofür hältst du dich?", rief Krummnase und baute sich zu seiner vollen Größe auf. „Wenn du nicht mit ihr sterben willst, du Verräter, dann …"

„Dann was?", kam Gabriels Stimme aus dem Dunkel in Juliens Rücken.

Die Männer wichen erschrocken zurück. Anscheinend war es etwas anderes, sich zwei gut bewaffneten Gegnern gegenüberzusehen, als einem.

Julien nickte seinem Freund dankbar zu und reichte der Frau auf dem Boden die Hand. Erst jetzt bemerkte er die stark blutende Wunde an ihrem Oberschenkel. Er war froh, Gabriel an seiner Seite zu wissen. Denn, auch wenn er glaubte, es mit diesen verlotterten Gesellen aufnehmen zu können, so galt seine Sorge doch auch der Frau, der er nicht mehr rechtzeitig hatte zu Hilfe kommen können.

„Ihr seid Verräter!", rief der Fette und suchte den Boden nach seinem Schwert ab. „Wie könnt ihr es wagen, eure Waffen gegen die eigenen Leute zu richten?"

Abfällig ließ Julien seinen Blick über die Kerle wandern.

„Pack wie euch zähle ich sicher nicht zu meinen eigenen Leuten! Und ich will auch nicht glauben, dass Gott gutheißt, was ihr hier in seinem Namen treibt! Also stellt euch mir in den Weg, dann werde ich nicht zögern, euch direkt zu ihm zu befördern, um euch seinem Urteil zu überstellen – wenn ihr versteht!"

„Oder wir strecken euch beide nieder, und dann könnt ihr zusehen, wie wir die Kleine ficken", lachte Krummnase und reckte kampflustig sein Schwert empor. „Wir sind in der Überzahl!"

Gabriel lachte.

„Ihr dummen Bauern! Nur, weil man euch eine Waffe in die Hand gegeben hat, seid ihr noch lange keine Krieger. Seht euch an ... und überlegt, ob ihr uns wirklich erzürnen wollt – Gnade gewähren wir nur jetzt! Geht und kämpft in einer Weise, die gottgefällig ist, dann wird niemand hiervon erfahren – oder ihr werdet durch unsere Hand sterben!"

Der Fette zuckte mit den Schultern und stieß seinem Kameraden in die Seite.

„Die Schlampe ist es nicht wert. Stechen wir lieber noch ein paar dieser elenden Heiden ab und ficken später die Trosshuren."

Zu gerne hätte Julien die Widerlinge aufgehalten und sie für ihre Tat zur Rechenschaft gezogen, aber tatsächlich würde keiner der Heerführer ihr Verhalten anprangern. Es herrschte Krieg, und die Frau, die sich an ihn klammerte, gehörte zum Feind. Sie wankte, und Julien hob sie in seine Arme.

„Dir wird nichts geschehen. Ich bringe dich hier weg", versprach er, und Gabriel musterte ihn missfällig.

„Was soll das, Juls? Warum so ein Aufhebens um dieses Weib?"

Julien zuckte mit den Schultern, ohne die Frau dabei aus den Augen zu lassen. Sie hatte das Bewusstsein verloren, und, wenn nicht bald jemand die Blutung an ihrem Bein stoppen würde, dann …

Ihre dunklen Wimpern waren dicht wie Fächer und warfen lange Schatten auf ihre goldolivfarbenen Wangen. Ihre Lippen waren aufgeplatzt, und Blut verklebte ihren Mund und ihre Schläfe. Schon auf den ersten Blick war ihm klar, dass sie keine gottesfürchtige Christin war. Heidnisches Blut floss durch ihre Adern, aber ihre Worte wollten Julien dennoch nicht mehr aus dem Kopf gehen. War es möglich, dass dieses Weib auf dem Dach die Wahrheit gesagt hatte? Oder war er ein Narr, den vielleicht mit falscher Zunge gesprochenen Worten auch nur zugehört zu haben? Er wusste es nicht, aber er konnte sie nicht gehen lassen, ohne mehr zu erfahren.

„Juls!", rief Gabriel erzürnt. „Hör auf, dieses Weib anzuglotzen, und sag mir, was das soll! Unsere Männer warten auf deine Befehle, und du …"

Julien nickte. Gabriel hatte natürlich recht. Dies war

nicht der passende Moment für Zweifel.

Er drückte seinem dunkelhaarigen Freund die Frau in die Arme und säbelte ein Stück von ihrem langen Gewand ab.

„Ich erkläre dir das später, Gabriel", versprach er und band die Blutung am Oberschenkel der Frau ab. Dabei kam er nicht umhin, zu bemerken, wie seidig ihre Haut im Mondlicht schimmerte. Ihre Sandalen waren mit Lederriemen bis über ihr Knie gewickelt, und der Anblick ihrer schlanken Fesseln ließ ihn wünschen, sich nicht mitten im Krieg zu befinden.

„Bring sie in den Palast. Ich will sie sprechen, wenn sie erwacht. Glaub mir einfach, wenn ich sage, dass es wichtig ist."

Er verknotete die Enden ihres notdürftigen Verbandes und wollte sich gerade erheben, als eine Gruppe Männer in fremdländischen Gewändern und mit langen, gebogenen Klingen bewaffnet auf sie zukam.

„Gib mir mein Weib!", verlangte der offensichtliche Anführer und trat furchtlos näher. Er ließ Juliens Schwert nicht aus den Augen und kam bis auf Armeslänge heran. Das schwarze Haar hing ihm lose bis auf die nackte muskulöse Brust. Zwei gebogene Klingen in den Händen und ein kurzer Dolch im Ledergurt um die Hüften gaben ihm, zusammen mit den Männern in seinem Rücken, genug Sicherheit. Eine weite, rot-grau gestreifte Hose floss locker bis auf seine Füße, die wie die der Frau in geschnürten Sandalen steckten.

Ein anderer Schlag von Gegner als die Bauern von eben. Trotzdem hatte Julien nicht vor, klein beizugeben.

„Gib sie mir!", wiederholte der Hüne, aber Julien schüttelte den Kopf.

„Nein!"

Er hob sein Schwert und machte so deutlich, dass er zu

kämpfen gedachte. Gabriel sah ihn erstaunt an.

„Gib sie ihm!", flüsterte er drängend, da er seine Waffe nicht greifen konnte, solange er die Frau hielt.

„Nein!", wiederholte Julien bestimmt. „Schaff sie in den Palast – ich halte dir den Rücken frei."

„Das ist Irrsinn!", widersprach Gabriel.

Julien war wütend zu seinem Freund herumgefahren.

„Das ist ein Befehl!", hatte er gerufen und seine Waffe geschwungen, woraufhin sich die Horde auf ihn gestürzt hatte.

Julien schüttelte den Kopf. Die Bilder ließen sich nicht vertreiben, verblassten aber zumindest soweit, dass er den kalten Leichnam seines Freundes untersuchen konnte. Ihnen blieb nicht viel Zeit. Paris war dabei zu erwachen, und auf den Stufen der Promenade lag die Leiche eines Mannes, der in ihrer Welt keine Identität hatte. Ein Mann, den es nicht geben konnte. Ein Mann, aus Nebel geboren.

Die rubinroten Spitzen der Pfeile, die aus Gabriels Brust ragten, waren nicht zu übersehen. Louis berührte gerade eine davon und ballte die Hände zu Fäusten. Jemand kannte ihre einzige Schwachstelle!

„Die Bruderschaft!", presste er wütend hervor.

Julien nickte.

Woher wusste die Bruderschaft, dass sie sich in Paris aufhielten? Sie waren doch erst vor wenigen Tagen hier angekommen.

„Wir müssen ihn fortschaffen. Ruf Cruz an, wir brauchen hier Hilfe", wies Julien Louis an. Der erhob sich, holte sein Handy aus der Manteltasche und trat ein Stück beiseite, um Cruz' Nummer zu wählen.

Julien konnte seinen Blick nicht von den Pfeilen abwenden. So nah war ihnen die *Bruderschaft des wahren*

Glaubens noch nie gekommen. Gabriel war nie leichtfertig gewesen. Nie ein Risiko eingegangen … also was war geschehen, dass er nun, von Pfeilen mit Rubinspitzen durchbohrt, vor ihm lag?

Am Abend zuvor hatten sie ein weiteres Teil der *Wahrheit* in ihre Hände bekommen. Und sie waren vorsichtig gewesen. Sie alle überwachten die Übergabe des Steins, und niemand außer ihnen selbst hatte wissen können, wer von ihnen die *Wahrheit* bei sich trug, als sie sich trennten. So konnten sie mögliche Verfolger verwirren und abschütteln. Ganz bewusst hatten sie dafür die Kleidung gewählt, die ihnen die größte Sicherheit bot. Die ihnen durch all die Zeit schon zur zweiten Haut geworden war.

Julien berührte Gabriels blutgetränktes Wams und zog dabei den ledernen Umhang über die auffälligen Armstulpen. Mit zitternden Fingern durchsuchte er Gabriel nach dem Gegenstand, der vermutlich seinen Tod bedeutet hatte.

Alles Blut wich ihm aus dem Gesicht, als sich seine schlimmsten Befürchtungen bestätigten. Nichts! Der Lederbeutel, den Gabriel stets bei sich trug – und der seit gestern Abend die *Wahrheit* enthalten hatte, war verschwunden.

„Louis!", keuchte Julien matt.

„Sie sind auf dem Weg. Lass ihn uns hinaufschaffen", entgegnete Louis, aber Julien reagierte nicht.

„Denkst du, Gabriel könnte die *Wahrheit* irgendwo versteckt haben?"

Der Dunkelhaarige erstarrte in der Bewegung.

„Gabriel hatte sie?", fragte der ungläubig. „Warum? Solltest du sie nicht bei dir tragen?"

Julien fühlte sich schuldig. Er traf die Entscheidungen, und er hatte bestimmt, wie sie vorgehen würden! Sollte die

Wahrheit in die falschen Hände geraten sein, hätte er versagt.

„Lamar und mir war aufgefallen, dass uns jemand gefolgt ist. Ein schwarzer Wagen. Wir hielten es für sicherer, uns zu trennen und Gabriel die *Wahrheit* anzuvertrauen, bis wir wissen würden, was los war. Du musst das doch mitbekommen haben!? Es war eine Planänderung in letzter Minute. Wenn jemand hier liegen sollte, dann ich – nicht er!"

Louis schüttelte den Kopf und fuhr sich energisch über den Bart. Seine Augen wurden noch schmaler als gewöhnlich, und seine Stimme war unheilvoll leise, als er weitersprach.

„Das Ende der Welt ist gekommen, wenn die Bruderschaft das Elixier verwendet … Gabriel wusste das. Ich kann nicht glauben, dass er es ihnen einfach überlassen haben soll!"

Julien erhob sich, und sein Gesicht war finster vor Wut, Verzweiflung und Angst.

„Einfach überlassen? Was redest du? Sieh ihn dir an, Louis!", rief er und deutete auf ihren gefallenen Freund. „Sieht er aus, als hätte er ihnen die *Wahrheit* einfach überlassen?"

DUNKELSTES ROT

W as tun wir nur?", fragte Fay und knetete nervös ihre feuchten Hände. Nie in ihrem Leben war sie derart aufgewühlt gewesen. Ihr Herz schlug hektisch gegen ihre Brust, und die Haare standen ihr wirr zu Berge, weil sie sich auf der Suche nach einer Antwort so oft mit den Fingern hindurchgefahren war.

„Ich sage, wir behalten ihn!", wiederholte Chloé zum hundertsten Mal und pumpte sich das Asthmaspray in den Mund.

„Selbst wenn wir ihn behalten, Schwesterherz, was sollen wir dann damit machen? Verkaufen? An wen bitteschön? Wem immer wir das anbieten, wird sofort die Bullen rufen und dann …?"

Chloé kaute auf ihren Fingernägeln herum.

„Denkst du, der Kerl, der hinter dem anderen her war, wollte das hier?", fragte sie und sah verstohlen zu der einfachen Tür ihrer Kammer hin. Fay wusste, was ihre kleine Schwester dachte, weil sie selbst in den letzten Stunden vor Sorge schon ganz nervös geworden war.

Falls – und das war nicht ganz abwegig, wie sie zugeben musste – der Mann in der merkwürdigen schwarzen Kleidung suchte, was nun zwischen ihr und Chloé auf dem Bett lag, dann war er bereit gewesen, rohe Gewalt anzuwenden, um es zu bekommen. Fay rieb sich die Schläfen.

„Vielleicht sollten wir zur Polizei gehen", überlegte sie laut. „Der Mann hat geblutet und schien wirklich schwer verletzt ... ich nehme an, das sollte ich melden, oder?"

Chloé schüttelte den Kopf.

„Denk doch mal nach! Nie wieder für diese Perversen tanzen, nie wieder Scheine in den String, Fay! Lass uns den Stein verscherbeln und aus diesem Dreckloch verschwinden!"

Ihr Blick schloss die spärliche Kammer ein, und Fay hätte ihr zu gerne zugestimmt. Aber das war nicht so einfach.

„Wir haben doch keine Ahnung, was das überhaupt ist! Nur weil es geschliffen wie ein Edelstein ist, muss es noch lange keiner sein!"

Chloé nahm den faustgroßen roten Stein in ihre Hand, als prüfe sie sein Gewicht.

„Ich denke, es ist ein Rubin – unser blutrotes Ticket in ein neues Leben! In ein Leben, das wir uns so lange erträumt haben!"

„Ich weiß nicht ... ich habe noch nie etwas gesehen, dass so aussieht! Es ist das dunkelste Rot, das ich je gesehen habe!"

Fays Herz klopfte. Dieses Gefühl in ihr ... das war Hoffnung, das wusste sie, und sie wollte es lieber nicht aufkeimen lassen. Wenn sie erst an ein neues Leben glauben und das Schicksal sie dann wieder zurück in diese Gosse stoßen würde ... sie fürchtete, das nicht verkraften zu können.

„Ein Rubin? Wer trägt bitteschön einen faustgroßen Rubin durch Paris?"

Fay schüttelte den Kopf und wischte ihre Locken achtlos

zurück.

„Viel eher glaube ich, dass das nichts weiter ist als buntes Glas."

„Niemals! Du hast gesagt, der Kerl war überzeugt, dass der Inhalt seines Beutels wichtig oder wertvoll wäre. Rotes Glas ist in meinen Augen nicht sonderlich wichtig, oder? Dieses Ding, Fay – was immer es ist, macht uns reich, das schwöre ich dir!"

Fay hielt es nicht mehr auf der Bettdecke und unter dem erwartungsvollen Blick ihrer Schwester. Dieser Stein machte sie unruhig. Seit sie ihn bekommen hatte, lagen ihre Nerven blank, und sie stand unter Strom.

Julien wird dich finden. Gib es nur ihm, hatte der Fremde sie beschworen, und das war es auch, was Fay so nervös machte. Sie hatte Angst, gefunden zu werden. Besonders, wenn sie beschließen würden, den Stein zu verkaufen.

„Hör zu, *ma belle*, ich werde sehen, ob ich jemanden finde, der uns sagen kann, was das ist."

Fay schlüpfte in ihre Jacke und ihre Boots. „Vielleicht war das ein Spinner und alles nur ein doofer Streich! Wenn das wirklich ein Rubin sein sollte, dann … dann wird es immer noch schwierig, einen Käufer zu finden, der keine Fragen stellt."

Sie sah sich um. „Und jetzt brauchen wir ein gutes Versteck für den Klunker."

Chloé lachte und fing sogleich an zu husten. „Denkst du nicht, er ist bei mir sicher?"

Fay zwinkerte und nahm den Beutel an sich. „Du würdest den Stein und deine Seele vermutlich für ein warmes Mittagessen verkaufen, noch ehe ich aus der Tür bin."

Chloé nahm einen weiteren Hub Asthmaspray.

„Stimmt, aber mal ehrlich, wie lange ist es her, dass wir

beide ein warmes Mittagessen hatten?"

Die kuppelartige Decke der Halle im Chateau warf Juliens Stimme zurück. Inmitten seiner Gefährten lag Gabriels Leichnam aufgebahrt. Ein jeder von ihnen verspürte die gleiche wütende Ungläubigkeit wie Julien.

„Verflucht! Einer von euch muss doch wissen, was gestern geschehen ist!", rief dieser noch einmal, nachdem er zuvor nur Schweigen als Antwort erhalten hatte.

„Welchen Weg hat Gabriel genommen? Woher wussten die Feinde, wem sie folgen mussten? Und wie konnten sie ihm auflauern?"

Julien schüttelte den Kopf, und sein schmerzgeplagter Blick blieb den anderen durch die in seine Stirn fallenden Strähnen verborgen. Er griff sich einen der beiden Pfeile, die er zuvor zusammen mit Louis aus Gabriels Brust entfernt hatte, und hob ihn hoch, dass alle ihn sehen konnten. Die Flammen des großen Wandkamins brachen sich in dem funkelnden Rubin, der die Spitze bildete, und Juliens Stimme wurde noch lauter.

„Und wie zum Teufel ist uns die Bruderschaft auf die Schliche gekommen?"

Alle Augen waren auf ihn gerichtet, aber nur Lamar wagte es, etwas zu erwidern.

„Vermutlich haben sie dich schreien hören."

Julien erstarrte. „Wagst du es, den Tod eines Bruders ins Lächerliche zu ziehen, Lamar?"

Sein Gesicht war wie eine steinerne Maske und jede Emotion daraus verdammt, als er sich an diejenigen seiner Männer wandte, die mit ihm nach Paris gekommen waren.

„Wir haben einen Freund und Gefährten verloren …

und die *Wahrheit*. Damit steht die Welt am Abgrund."

Cecil schüttelte seinen Kopf und gab seinem Wahnsinn entspringende glucksende Geräusche von sich. Sein schütteres Haar hing ihm wirr um die Ohren, und er deutete mit dem Stumpf seiner Hand auf den toten Gefährten.

„Die Welt … sie wird hineinstürzen … in den Abgrund, oder nicht? Oder nicht? Der Abgrund, tief und schwarz, so dunkel wie …"

Er überlegte und rieb sich dabei mit der verbliebenen Hand fahrig übers Gesicht.

„… dunkel wie die Nacht. Gabriel hätte es besser machen müssen! – Er hätte es doch besser machen müssen, oder nicht? Oder nicht?"

Cruz, der sich bisher im Hintergrund gehalten hatte, legte Cecil beruhigend die Hand auf den Rücken, aber dieser entwand sich ihm mit einem Glucksen.

„Ich, ich hätte es besser gemacht, oder nicht? Hätte die *Wahrheit* versteckt, ja, genau, versteckt! Ich hätte sie gut versteckt, damit die Bruderschaft sie nicht findet, oder nicht? Oder nicht? Versteckt, versteckt, versteckt!"

„Cecil!", rief Julien. „Beruhige dich! Ich bin sicher, Gabriel hat sein Bestes getan, die *Wahrheit* zu schützen – so, wie wir alle es an seiner Stelle auch getan hätten."

Cecil gluckste, und Cruz zog ihn streng ein Stück beiseite, aber Arjen kam ihm zuvor.

„Warte, warte", murmelte der blonde Krieger, der sein langes, leicht gewelltes Haar noch immer so trug wie zu der Zeit, als er Frankreich für Papst Urban II. verlassen hatte. Seine feinen Gesichtszüge verliehen ihm etwas Jungenhaftes, auch wenn seine breiten Schultern und seine kräftigen Arme zeigten, dass er einer der gewandtesten Kämpfer unter ihnen war. Anders, als der Rest von ihnen, hatte er irgendwann sein Schwert gegen einen Degen getauscht. In jeder seiner Bewegungen zeigte sich heute die Eleganz eines Fechters.

„Cecil hat recht!", überlegte er laut und trat an den Tisch. Sein Blick lag suchend auf Gabriels Gesicht, als hoffte er, von dem Toten eine Antwort zu bekommen.

„Gabriel war ein brillanter Stratege. Vielleicht sind wir voreilig, wenn wir annehmen, es wäre der Bruderschaft gelungen, die *Wahrheit* an sich zu bringen. Was, wenn er – genau, wie Cecil es sagt – ein Versteck gefunden hat?"

Das Chateau vibrierte fast unter der Spannung, die nun herrschte. Hoffnung, gemischt mit dem fieberhaften Versuch, herauszufinden, ob Arjen womöglich recht hatte, packte die Männer, und sie redeten wild durcheinander.

„Versteckt? Aber wo?"

„Es wäre denkbar …"

„Und wie sollen wir das herausfinden?"

„Wir wissen doch nicht einmal, wo Gabriel gestern gewesen ist."

„Wenn es doch einen Hinweis gäbe."

„Oder wir irren uns, und die Bruderschaft hält die *Wahrheit* längst in Händen."

Juliens Gedanken drehten sich im Kreis. Er lauschte seinen Brüdern und ließ seine Hand unter sein Wams gleiten. In der Tasche an seinem Herzen trug er vielleicht die Antwort auf deren Fragen. Zögernd nahm er die rote Locke hervor, ohne zu wissen, ob er damit nicht ein geheimes Kapitel aus Gabriels Privatleben offenbarte, oder ob – und das schien ihm zumindest eine Möglichkeit – sie damit der *Wahrheit* näher kamen.

Er bat im Geiste Gabriel um Verzeihung, ehe er sie den anderen zeigte.

„Als Louis und ich die Pfeile aus Gabriels Brust entfernt

haben, fand ich diese Strähne bei ihm."

Die roten Locken schimmerten wie seidige Flammen in seiner Hand, und die Männer schienen verwirrt. Lamar lachte.

„Sieh an. Das ist interessant. Denkst du, Gabriel hat sich auf eine heimliche Affäre eingelassen, die ihm schließlich den Kopf gekostet hat?"

Julien biss die Zähne zusammen. Genau das hatte er befürchtet, als er die Strähne an sich genommen hatte. Gabriel, dessen Herz seit vielen Jahrhunderten gebrochen war, der nach der Sache in Rom nie wieder eine Frau angerührt hatte, hatte es nicht verdient, dass jetzt so über ihn gesprochen wurde.

Mit aller Autorität, die er aufzubringen in der Lage war, antwortete Julien: „So war Gabriel nicht, Lamar – und das weißt du! Diese Strähne ist kein Liebespfand, da bin ich mir sicher."

„Dann denkst du also, es ist ein Hinweis? Wofür?", fragte Louis und beendete damit das Wortgefecht zwischen Lamar und ihrem Anführer.

„Eine Frau! Oder nicht? Das ist das Haar einer Frau, ich rieche es, ich rieche es! Es riecht nach Frau!"

Cecil kam näher und rieb die roten Strähnen zwischen seinen Fingern.

„Ja, du hast wohl recht, Cecil", stimmte ihm Julien zu und schloss seine Faust wie zum Schutz um die Locke. Er wollte nicht, dass sein verrückter Gefährte das Haar anfasste. Es war ihm aus unerklärlichen Gründen wichtig – beinahe so, als würde Cecils Berührung die Intimsphäre der unbekannten Rothaarigen verletzen.

Die seidig-sanfte Berührung verwirrte ihn, und es fiel ihm schwer, die wesentlichen Dinge, wie die Suche nach der *Wahrheit*, im Auge zu behalten.

„Was sollen wir mit diesem Haarbüschel anfangen?"
Louis schüttelte den Kopf, und sein bohrender Blick war
sorgenvoll.

„Ich denke, um eine Antwort auf diese und all die
anderen Fragen zu erhalten, müssen wir zuerst die Frau
finden, zu der diese Strähne gehört …", schlug Julien vor
und versuchte, das warnende Kribbeln in seinem Nacken
zu verdrängen, „… ehe die Bruderschaft es tut."

✦

Nachdem sie den Stein versteckt hatte, fühlte sich Fay
besser. Trotzdem hat sie das Gefühl, man könnte ihr an der
Nasenspitze ansehen, dass sie etwas zu verbergen
versuchte. Darum war sie beinahe dankbar für den Regen,
der seit dem Morgen dicht wie ein Vorhang auf Paris
herabprasselte und die Passanten zwang, unter dunklen
Schirmen Schutz zu suchen. So blieb auch sie vor
neugierigen Blicken verschont.

Ihr Weg führte sie durch die engen Gassen, die bei
diesem Wetter nichts von ihrem typisch französischen
Charme hatten. Trotz der Mittagszeit kein Duft nach süßem
Gebäck, keine Musik aus der Ziehharmonika eines
Straßenmusikers und keine leidenschaftlichen
Gesprächsfetzen, die durch geöffnete Fenster nach außen
drangen. Eine Schar Tauben plusterte sich auf dem groben
Kopfsteinpflaster am Eingang eines kleinen Parks, der
aufgrund des Wetters ebenfalls wie seelenlos wirkte, auf.
Ein schwarz lackierter Metallzaun mit der französische Lilie
an den Spitzen säumte den Park und war, obwohl er erst ein
Jahr alt war, an etlichen Stellen schon verbogen. In
Bahnhofsnähe war es für die Stadt beinahe unmöglich,
gegen den Vandalismus anzukommen und etwas über

längere Zeit in gutem Zustand zu erhalten.

Fay zögerte und zog sich die Kapuze ihrer schwarzen Lederjacke über die bereits nassen Haare. Ihre Nerven lagen wegen des Steins vollkommen blank, und sie vermutete überall Verfolger.

Julien wird dich finden, hallte es in ihrem Kopf, und sie schauderte. Sie versuchte, sich nicht zu fragen, was aus dem Fremden mit den Pfeilen in der Brust geworden sein mochte, und hoffte zugleich, dass dieser Julien – wer immer das auch war – sie niemals finden würde.

———◆·———

Julien ließ seinen Blick über die Dächer und Straßen vor sich wandern. Er begann seine Suche nicht weit von der Stelle, an der Lamar und er sich am Abend zuvor von Gabriel getrennt hatten. Hier hatte sich dessen Schicksal entschieden. Irgendwo hier in der Nähe musste er der Frau mit den roten Haaren begegnet sein.

Wo bist du?

Er verfluchte den Regen, der es den Menschen unter ihren Schirmen ermöglichte, seinen Augen zu entwischen. Er wusste, warum es ihm so immens wichtig erschien, die Frau zu finden, denn sie war seine einzige Chance auf den Stein, aber das erklärte noch nicht sein übermächtiges Bedürfnis, sie unter allen Umständen vor seinen Brüdern zu finden. Die rote Locke, die er nahe seines Herzens aufbewahrte, brannte sich durch den Stoff seines Hemdes in sein Fleisch und machte ihn unruhig.

So vieles hing an dieser Frau. Wusste sie, wo die *Wahrheit* war? Hatte Gabriel ihr vertraut und war sie Freund – oder Feind? War sie sich der Gefahr bewusst, in der sie schwebte? Aber all diese Fragen wogen nicht so schwer wie dieses unerklärliche Gefühl, diese Fremde schützen zu müssen. Seit er ihr Haar in Gabriels Tasche gefunden hatte, verspürte er diesen Drang, wie nur einmal zuvor in seinem eintausend Jahre währenden Leben.

Er sah auf die Stadt zu seinen Füßen hinab, auf die im Regen verwaschenen Gesichter der Menschen von Paris – und sah doch etwas vollkommen anderes.

„Schaff sie in den Palast, ich halte dir den Rücken frei!"

Julien war von dem Drang getrieben worden, die Frau um jeden Preis zu beschützen, und wenn er eines im Kampf gelernt hatte, dann dies: Vertraue deinem Gefühl. Und das hatte er getan.

„Das ist Irrsinn!", hatte Gabriel widersprochen, was Julien erzürnte. Wütend fuhr er zu seinem Freund herum.

„Das ist ein Befehl!", rief er und schwang seine Waffe, woraufhin sich die Horde auf ihn stürzte.

Der Schmerz, den die Wunde an seiner Seite verursachte, war in dem Moment vergessen, in dem er um sein Leben kämpfte. Die zwei Säbel seines heidnischen Gegners fuhren auf ihn nieder, und es gelang ihm kaum, den schnellen Hieben zu entkommen.

Die Angreifer umringten ihn, und schon im nächsten Moment hatte er die Feinde auch in seinem Rücken. Es war aussichtslos, aber er würde nicht aufgeben. Er kämpfte für Gott und eine gute Sache, auch wenn er gerade nicht sagen konnte, wo in dieser Nacht das Gute stecken mochte.

Sein Schwert schlug hart gegen die Klinge des Dunkelhäutigen, als er einen Streich an der Schulter einsteckte. Julien keuchte und brachte sich mit einem gewagten Satz, zwischen den gestreckten Säbel zweier Gegner hindurch, in deren Rücken kurz in Sicherheit. Sein Arm war beinahe taub, und das Schwert entglitt seinen kraftlosen Fingern. Klirrend fiel seine einzige Hoffnung, die Nacht zu überleben, in den Straßenstaub Jerusalems.

Müde sah Julien sich um. Jerusalem bot ihm mit den im Feuerschein glühenden Zwiebeltürmen und dem Sternen übersäten Himmel, der ihm näher schien als zu Hause in Frankreich, eine spektakuläre Szenerie für seinen letzten Atemzug – wie er fand. Und dennoch widerstrebte es ihm, seinem Schöpfer schon jetzt gegenüberzutreten. Seine Feinde bildeten eine undurchdringbare Mauer, auch wenn sie ihm in diesem Augenblick nicht weiter attackierten. Sie warteten. Wollten die Ehre seines Todes wohl ihrem Anführer überlassen, denn der kam nun auf ihn zu.

Julien hatte schon etliche Männer gesehen, die einen Sieg errungen hatten. Verachtung hatte er in deren Augen gesehen, oder Überheblichkeit. Manchmal Freude, Triumph oder Spott. Aber nichts davon sah er im Gesicht des schwarzhaarigen Heiden. Er war seltsam ruhig, als wäre der Sieg für ihn dennoch eine Niederlage. Der Heide war groß, ebenso groß wie Julien, und seine Haltung war stolz. Die Muskeln in seinen Armen waren gespannt und die beiden Säbel wie mit ihnen verwachsen.

„Eine vorhersehbare Entwicklung, nicht wahr, Christ?", wandte er sich mit tiefer Stimme an Julien. „Wo ist meine Frau?"

„Sie ist eine Gefangene der Heiligen Kirche. Ergebt euch, dann bringe ich euch zu ihr."

Der Blick seines Gegners verfinsterte sich, als er Juliens Worte für seine Männer übersetzte. Sie antworteten aufgebracht, was Julien zwar nicht verstand, aber ihre feindliche Haltung war in ihren derben Gesten klar zu erkennen. Sie wollten ihm an die Kehle, aber ihr Anführer gebot ihnen Zurückhaltung.

„Mann gegen Mann", schlug der morgenländische

Krieger ihm vor und wies einen seiner Kämpfer an, Julien das Schwert vom Boden aufzuheben.

„Gewinne ich – und das werde ich – gibst du mir meine Frau zurück und wirst dafür leben." Sein schwarzer Blick brannte vor Entschlossenheit.

Julien griff nach seiner Waffe.

„Und wenn ich gewinne?", fragte er und blickte in die Runde. Selbst wenn er diesen Gegner besiegen sollte, standen ihm immer noch dessen Männer im Weg.

„Sie werden dich gehen lassen ...", versicherte der Heide. „... wenn du mich tötest. Aber das wirst du nicht!"

Er hob mit einer ausladenden Bewegung seine Säbel, und die Krieger in seinem Rücken wichen zurück, um ihnen Platz zu machen. Julien wischte sich den Schweiß von der Stirn und bewegte zaghaft seinen Arm. Wie ein Blitzschlag fuhr ihm der Schmerz bis unter die Kopfhaut, und er betete um neue Kraft.

Sie umkreisten sich mit gestreckten Waffen, maßen die Kraft des Gegners ab, und Julien wusste, der Heide war klar im Vorteil. Dessen dunkle Haut glänzte feucht von Schweiß, und das Haar fiel ihm wild bis auf die Brust, als er die Distanz zwischen ihnen verringerte.

„Gott, gib mir Kraft", flehte Julien, fasste seine Waffe mit beiden Händen und rannte auf den Feind zu. Er versuchte, in den schwarzen Augen seines Gegenübers dessen nächsten Schritt zu erahnen, als er in einem todesmutigen Sprung das Schwert über seinen Kopf hob. Ein Schlag von oben war riskant, weil er dabei selbst schutzlos war, aber, wie erwartet, führte der Heide seine Säbel abwehrend in die Höhe. Metall krachte auf Metall, als die Klingen sich trafen. Noch ehe die Erschütterung dieses Schlages seinen Arm erreichte, ließ Julien sein Schwert einfach los und tauchte unter den tödlichen Säbeln seines

Gegners hindurch, bis direkt an dessen ungeschützte Brust. Er war zu nah, als dass der Heide seine Säbel gegen ihn hätte einsetzen können, als er die zwei Messer aus den Lederstulpen an seinen Armen in seine Hand gleiten ließ. Nicht zum ersten Mal war er froh um die verrückte Erfindung des nicht minder verrückten Cecils, der die Klingen an Schienen unter ihren Stulpen befestigt hatte.

Nun drückte der kalte Stahl gegen die pochende Halsschlagader des Morgenländers, und ein ungläubiges, wütendes Murren war durch die Reihen seiner Anhänger gegangen. Julien hatte deren Stahl singen gehört, als sie ihre Waffen auf ihn gerichtet hatten.

„Steh zu deinem Wort", hatte er verlangt und fester gedrückt, bis ein dicker roter Bluttropfen aus dem Schnitt gequollen war.

Julien wischte sich den Regen aus dem Gesicht und schloss die Augen. Er wünschte, er könnte vergessen, aber das Blutvergießen vieler Jahrhunderte war in seinem Geiste allgegenwärtig.

Es war wie eine Straße, mit Blut gepflastert, die er entlangging und die niemals endete, noch sich je veränderte, selbst wenn der Wegesrand sich stetig wandelte.

Als er nun auf die nassen Straßen von Paris hinabsah, glänzten diese wie frisches Blut, und er gönnte seiner Seele eine Pause, indem er sich dem grünen Blätterdach des Parks zuwandte.

———————◆———————

Der Park war nachts nicht sicher, aber es war bereits Mittag, und Fay hatte es eilig. Abgesehen von einigen Dealern würde bei diesem Wetter dort nicht viel los sein, und so folgte sie dem von alten Bäumen beschatteten Fußweg.

Sie zündete sich eine Zigarette an, ohne zu bemerken, dass allein das kurze Aufflammen ihres Feuerzeugs Aufmerksamkeit erregte.

DIE BRUDERSCHAFT DES WAHREN GLAUBENS

———————— ◆ ————————

Der Typ hat uns für dumm verkauft!", schimpfte Jade, und ihre blasse Haut hatte in dem grünlichen Licht der Neonröhre über ihren Köpfen Ähnlichkeit mit der einer Leiche.

Die Monitore in ihrem Rücken flackerten und warfen rechteckige Lichtbalken in den muffigen Kellerraum. Ihre stark überschminkten Augen hefteten sich auf Paul und André vor ihr.

Sie gab dem Drang nach, mit der Hand auf den Schreibtisch zu schlagen, was ihr einen bösen Blick von Lucas einbrachte, der mit einem Headset vor einem der Bildschirme saß und auf seine Tastatur eintippte.

„Das ist nur ein Rückschlag, nicht das Ende", versuchte André, sie zu beruhigen, und deutete auf die Monitore, auf denen unzählige Bilder von Webcams abliefen. Das Standbild auf einem zeigte eine rothaarige Frau, die im Hinterhof eines Stripclubs eine Zigarette rauchte. „Wir haben sie auf dem Radar."

Jade griff nach ihrem Kaffeebecher, der aber bereits leer war. Sie knüllte ihn achtlos zusammen.

„Nur ein Rückschlag?", fauchte sie und kratzte sich auf der Suche nach einer Lösung die Kopfhaut, sodass sie ihren wasserstoffblonden Pixie verstrubbelte. Ihr graues Tanktop wies unter den Achseln Schweißflecken auf, als sie sich genervt in den Stuhl vor ihrem eigenen Rechner fallen ließ.

„Wie viele Rückschläge muss die Bruderschaft noch erleiden?" Sie legte ihre beringten Finger auf die Tasten und schob ihr Zungenpiercing zwischen den Lippen hervor. Die Angst saß ihr im Nacken.

„Man wird uns für diesen Fehlschlag verantwortlich machen, das ist euch schon klar, oder?", murmelte sie und biss auf die Metallkugel zwischen ihren Zähnen.

Paul schob sich den Kopfhörer in seine fettigen Haare und erweckte seinen Monitor aus dem Standby, ohne Jade weiter zu beachten. Nur André rollte seinen Stuhl zurück und runzelte besorgt die Stirn. Die Stoppeln auf seinem Kinn und die Ringe unter seinen Augen zeigten seine Übermüdung.

„Der Wanderer hat versagt, Jade. Nicht wir."

Jade lachte zynisch.

„Solange die Welt in Unwissenheit weiterlebt, haben wir alle versagt, du Idiot! Und der Wanderer ist unser kleinstes Problem, denn nun wissen unsere *Freunde*, dass wir ihnen auf den Fersen sind."

André rollte näher, stützte seine Arme links und rechts auf Jades Armlehnen und kniff verärgert die Lippen zusammen.

„Wir haben einen von ihnen erledigt. Der Wanderer hat Blut geleckt, und das Mädel … vielleicht führt sie uns ja direkt ans Ziel. Wer ist also hier der Idiot?"

Er ließ seinen Blick über ihr Gesicht und ihren Busen gleiten, hob ihr Kinn an und fuhr mit seinem Daumen über ihre Lippe.

„Deine Qualitäten haben der Bruderschaft schon einmal geholfen …", raunte er lüstern. „… gib dem Nebelmann, was er begehrt, dann wird dies nicht unsere letzte Chance gewesen sein, an die *Wahrheit* zu kommen."

DER WANDERER

Fay stieg über eine besonders große Pfütze hinweg. Ihre Jeans hatte sich am Saum vollgesogen, und sie hoffte, dieser ungemütliche Ausflug würde sich wenigstens bezahlt machen. Ein Gast aus dem *Café de Nuit* betrieb neben dem Bahnhof ein Fundbüro mit Pfandleihe. Sie rechnete damit, bei ihm etwas über ihren geheimnisvollen Fund herauszufinden. Sicher konnte er den Wert des Steins ermitteln oder zumindest dessen Echtheit überprüfen. Aber ehe sie den vermeintlichen Rubin durch Paris tragen würde, musste sie wissen, ob er ihr wirklich helfen konnte. Vielleicht hatte er mit Edelsteinen – falls es einer war – überhaupt keine Erfahrung.

Sie war tief in Gedanken versunken, als sie der Weggabelung nach rechts in Richtung Bahnhof folgte. Hier war der Weg schmaler, und marmorne Ehrentafeln französischer Künstler säumten den Pfad. Doch selbst Monet, Gauguin und van Gogh gelang es nicht, diesen Teil des Parks zu einer Attraktion zu machen. Die dunklen, überhängenden Äste der Weiden raubten den Wegen das Licht, und die Schatten der Steintafeln weckten gruselige Fantasien. Fay beschleunigte ihre Schritte und sah über ihre Schulter. Sie war allein, der Park verlassen.

Gerade atmete sie erleichtert aus, als vor ihr ein Mann auf den Weg trat. Der eisige Blick aus seinen berechnenden

Augen ließ sie erstarren, und die Waffe, die er auf sie richtete, vereitelte jeden Gedanken an Flucht. Der Regen, der ihm über den kahl geschorenen Kopf und in den Pelzkragen seiner merkwürdigen Kleidung rann, schien ihm nicht das Geringste auszumachen. Das schwarze Leder seiner Hose und die eng um seine Brust geschürte Weste mit dem Pelzbesatz war mit metallenen Schnallen und Gurten versehen. Der dunkle Ledermantel reichte bis hinab zu seinen militärisch anmutenden Stiefeln, die eng an seine muskulösen Waden anlagen.

Fay erstarrte. Ihre Gedanken waren wie eingefroren, als sie verzweifelt überlegte, was sie tun konnte. Die Welt um sie herum drehte sich und verschmolz zu einem unerreichbaren Ort. Hilflos gefangen in ihrer Angst, sah sie ihn näher kommen, ohne den Blick vom unnatürlich langen Lauf der Pistole nehmen zu können.

Ein Schalldämpfer, warnte ihr Gehirn und sandte Adrenalin durch ihre Adern.

Der Fremde blieb nur wenige Zentimeter vor ihr stehen und lächelte. Dabei entblößte er eine Reihe weißer, gerader Zähne, aber es war dennoch alles andere als ein freundliches Lächeln.

„Es ist klug von dir …", raunte er, und der Lauf seiner Waffe strich über Fays Wange, „… nicht zu plärren. So kommen wir gut miteinander aus."

Er zupfte eine ihrer roten Strähnen unter ihrer Kapuze hervor und wickelte diese fest um seinen Finger. Mit der Waffe dirigierte er sie hinter Pablo Picassos Ehrentafel. Mit Knien, weich wie Gummi, folgte Fay seiner Anweisung. Der Schmerz an ihrer Kopfhaut trieb ihr die Tränen in die Augen, als er an ihren Haaren riss. Er presste sie mit dem Rücken gegen den Stein und streifte ihr die Kapuze ab. Zufrieden ließ er seine Hand durch die Locken gleiten, während er den Schalldämpfer von unten gegen ihre Kehle presste.

Der Drang zu urinieren war übermächtig, aber Fay kämpfte tapfer dagegen an.

Das ist nur ein Perverser, versuchte sie sich einzureden. *Er wird mich etwas betatschen und sich einen runterholen, also nichts, was ich nicht schon gewohnt bin.*

Wie gerne hätte Fay das geglaubt, aber ihre Nerven vibrierten vor Angst, weil sie instinktiv wusste, dass dies nicht stimmte. Allein die Kleidung des Mannes zeigte ihr, dass sie sich irrte. Dieser Kerl war gefährlich.

„Wo ist er?", fragte er, und seine grauen Augen durchbohrten sie.

Fay hörte kaum, was er sagte, so war sie darauf konzentriert, die drohende Ohnmacht zurückzudrängen. Zweimal in zwei Tagen in so eine Situation zu kommen, konnte kein Zufall sein.

„Wo ist der Stein?", wiederholte er drängend und drückte den Lauf der Waffe fester in ihre Haut.

Der Stein! Natürlich! *Julien wird dich finden …*

Fay atmete erleichtert aus. Scheiß auf die Hoffnung auf ein neues Leben! Sie würde den dunkelroten Edelstein mit Freude hergeben, wenn nur diese geisteskranken Typen endlich wieder aus ihrem Leben verschwinden würden.

„Julien?", fragte sie, ohne ihre eigene Stimme wiederzuerkennen. Die Angst ließ sie beinahe krächzen. Die Angst – oder die Waffe, die gnadenlos gegen ihre Kehle drückte.

Diesmal erreichte das Lächeln sogar seine kalten Augen.

„Julien? Du kennst also … meinen Namen? Woher?"

Er lehnte sich gegen sie. Sein Knie drängte zwischen ihre Beine, und sein Becken drückte sie gegen den Marmor. Fays Herz schlug wie wild, und sie fühlte sich wie ein Tier in der

Falle, als er sich über ihren Nacken beugte und ihren Geruch aufsog.

„Du riechst gut. Nach Furcht", flüsterte er und leckte ihren Hals ab.

Mit aller Macht versuchte sie sich, auf seine vorherigen Worte zu besinnen.

„Aus der Bar ... der Mann ... er hat gesagt ..."

Scheiße, was hatte er noch gleich gesagt? Ihr Gehirn funktionierte einfach nicht, wenn es befürchtete, von einer Kugel aus dem Lauf an ihrem Hals in Stücke gerissen zu werden!

„Lass mich raten", murmelte er und bog ihr den Kopf in den Nacken, sodass sie ihn ansehen musste. Seine Lippen waren schmal und sein Kinn glatt rasiert. Seine Nase gerade und seine Wangenknochen beinahe androgyn. Fay hätte ihn attraktiv finden können, wenn sein Blick nicht so unerbittlich und grausam gewesen wäre. „Gabriel hat dir etwas gegeben – für mich."

Sie schluckte, aber ihre Kehle war wie zugeschnürt. Sie nickte schwach.

„Gib es mir!", verlangte er.

„Ich ... Scheiße, ich hab es nicht hier", erklärte sie, und ihre Panik wuchs. Sie fürchtete nicht, getötet zu werden, denn solange er hinter dem Stein her war, würde er sie sicher nicht umbringen. Nicht, ehe er wusste, wo dieser sich befand. Vielmehr wurde ihr klar, dass der Kerl, wenn er sie gefunden hatte, auch Chloé würde finden können ...

Er grinste.

„Du trägst ihn also nicht bei dir?"

Fay schüttelte den Kopf, soweit sein harter Griff um ihr Kinn es zuließ.

„Du verstehst, dass ich mich davon selbst überzeugen muss."

Er schob ihr den Schalldämpfer zwischen die Lippen und lächelte, als würde ihm dieser Anblick gefallen, ehe er ein Stück zurücktrat und mit der freien Hand den Reißverschluss ihrer Jacke öffnete.

Fay wollte etwas sagen, ihm versichern, dass sie den Stein nicht bei sich trug, aber die Waffe in ihrem Mund verhinderte dies. Tränen strömten aus ihren Augen, auch wenn ihre Kehle für ein Schluchzen zu eng war.

„Wie Geschenke auspacken", flüsterte er, als unter ihrer Lederjacke der Reißverschluss ihres Sweatshirts zum Vorschein kam.

Sein gieriger Blick ließ Fays Blut gefrieren, als er auch diesen mit einer schnellen Bewegung öffnete. Die feuchte Luft traf auf ihre Haut, und wieder lächelte ihr Peiniger. Er schob ihr die Jacken von der Schulter, nachdem er kurz deren Taschen abgetastet hatte. Fays Spitzen-BH hob und senkte sich mit jedem ihrer panischen Atemzüge, als er seine Hand langsam von ihrer Schulter zu ihrer Brust wandern ließ. Sein Daumen strich über die vor Kälte harte Spitze, und Fay glaubte, vor Scham sterben zu müssen, als diese daraufhin noch fester wurde.

Er bemerkte es und ließ der anderen Brust die gleiche Behandlung zukommen, schob die Waffe dabei noch ein wenig tiefer in ihren Mund.

„War es das, was Gabriel an dir mochte?", fragte er, und seine Hand wanderte über ihre Taille und ihre Hüfte, bis zur Knopfleiste ihrer Jeans.

Fay presste die Augen zusammen und ließ es geschehen. Sie schmeckte den Schmauch an der Waffe und erstickte fast an ihrem Speichel.

Was Gabriel an ihr mochte? Scheiße, sie kannte den Kerl doch nicht einmal! Sie musste das diesem Psychopathen klarmachen, aber vermochte es nicht, ihre Hände zu heben, ihn abzuwehren oder sich zu schützen, als er ihre Gesäßtaschen abtastete und seine Hand schließlich in ihren Schritt schob.

„Es scheint, ich müsste dir glauben", murmelte er und zog langsam den Lauf aus ihrem Mund, wobei seine Finger noch immer gegen den Stoff ihres Tangas drückten. Fay schluckte heftig.

Er fuhr mit dem feuchten Schalldämpfer über ihren Hals, ihre Brust und ihren Bauch bis in ihre Hose, aus der er mit einem bedauernden Seufzen seine Hand herauszog. Er schob den Lauf in ihr Höschen und packte sie an der Kehle.

Fay schmeckte ihre Tränen.

„Wo ist der Stein?", fragte er, als plauderten sie über das Wetter, wobei seine Finger sich fest um ihren Hals schlossen.

KRIEGSBEUTE UND KRIEGSOPFER

———————◆———————

Jerusalem, 1099

Vor zwei Tagen war Jerusalem zurück in christliche Hände gefallen, aber noch immer schafften die Soldaten Leichen aus der Stadt – oder dem, was davon übrig war.

Julien schwitzte unter seiner weißen Kreuzfahrerkutte, als er vom Pferd stieg, die Zügel einem Knappen in die Hand drückte und in das Zelt ging, das er sich mit Gabriel teilte.

Das Lager der Soldaten außerhalb der Stadtmauern war fast selbst eine Stadt. Hier wurden Waffen und Ausrüstung repariert oder verkauft. Es gab Lebensmittel, die aus Jerusalem hergeschafft worden waren. Huren und Wettkämpfe um den letzten Alkohol vertrieben den siegreichen Kriegern die Zeit. Schon morgens torkelten die Soldaten Christi durch die Gassen und frönten ihren Lastern.

Im Zelt war es schwül, und die Luft schien sich zu verflüssigen. Schnell warf Julien die Kutte ab und öffnete die Schnallen an seinem ledernen Wams. Sein Blick warnte Gabriel davor, Fragen zu stellen, und so wartete sein Freund geduldig, bis er zu sprechen bereit war.

Julien hob sich das Metallschild seines Brustpanzers über den Kopf und schlüpfte aus seinem Hemd. Mit zusammengebissenen Zähnen tastete er die Wunde unter seiner Achsel ab. Sie war gerötet und nässte. Er trat an die Waschschüssel und wrang einen Lappen aus, mit dem er zuerst den Schnitt an seiner Schulter betupfte, ehe er sich das kalte Leinen zur Schmerzlinderung unter den Arm klemmte.

Gabriel sah ihm schweigend zu, goss aber Wein aus einem Weinschlauch in zwei Kelche. Dankbar nahm Julien einen davon entgegen und setzte sich seinem Freund gegenüber. Dessen dunkler Blick war wie immer ruhig und abwartend. Gabriel war ein kühler Kopf und daher auch in den brenzligsten Situationen zu einem klaren Gedanken fähig. Etwas, das Julien sehr schätzte, da er sich selbst zu oft von Gefühlen leiten ließ. Hätte er auf seinen Freund gehört, drohte ihm jetzt kein Ärger.

Mit einem Schnauben warf er den Lappen auf den Tisch und fuhr sich mit den Händen über die kurzen Haare.

„Diese Kerle haben tatsächlich Beschwerde eingelegt", erklärte Julien fassungslos. „Sie beschuldigen mich des Verrats, auch wenn Raimund von Toulouse dies sogleich niedergeschlagen und jeden Zweifel an meiner Loyalität für haltlos erklärt hat."

Er leerte den Kelch und bat Gabriel, ihm nachzuschenken.

„Sie werfen mir zudem vor, ihnen ihre Kriegsbeute streitig gemacht zu haben! Das ist lächerlich! Sie haben eine wehrlose Frau geschändet – das ist doch keine Kriegsbeute!"

„Wie sieht Raimund das?", fragte Gabriel und füllte seinen Weinkelch auf.

Julien schüttelte den Kopf und kniff verärgert die Lippen zusammen.

„Er hat Quartier im Davidsturm bezogen und verteilt Gunstbezeugungen und Lob unter seinen Soldaten. Nach der langen Belagerung scheint er das Gefühl zu haben, ihnen etwas zu schulden."

Julien konnte es einfach nicht fassen. Er ging, unfähig, sich zu beruhigen, durch das Zelt.

„Sie sitzen beisammen, er, Gottfried und Bohemund von Tarent, als wären sie Freunde – dabei würde keiner der Befehlshaber dem anderen den Rücken zukehren –, und gratulieren sich zu ihrem glorreichen Sieg. Weißt du, was sie tun? Sie prahlen! Sie seien im Blut bis zu den Knien gewatet, als sie die in der Moschee Schutzsuchenden niedergemacht hätten. Raimund sagt, sie seien im Blut geritten, so tief, dass sich ihr Zaumzeug verfärbt habe!"

Wütend schlug er die Faust auf den Tisch, sodass Wein aus dem Kelch schwappte.

„Er gibt ihnen recht! Bei allen Heiligen, Raimund gibt diesem Pack tatsächlich recht!"

Gabriel erhob sich, wischte den Wein auf und warf den Lappen in die Waschschüssel, ehe er sich Julien wieder zuwandte.

„Und was bedeutet das, Juls?"

Julien stützte die Stirn in seine Hände, und Gabriel hatte Mühe, ihn zu verstehen, als er weitersprach.

„Ich muss jedem dieser Hurensöhne eine Entschädigung zahlen, aber das ist nicht alles."

Er schluckte mühsam, dachte traurig an den Krieger, der ehrenhaft sein Wort gehalten hatte, und die Frau, zu deren Schutz er sich gegen die Kerle gestellt hatte.

„Die Gefangenen! Jeder von ihnen, der nicht bis zum Sonnenuntergang seinen heidnischen Göttern abschwört und den christlichen Glauben annimmt, wird noch heute vor den Ruinen der Grabeskirche hingerichtet."

Er sah seinen Waffenbruder ernst an.

„Gottfried übertrug es mir, die Hinrichtungen zu

befehligen."

Gabriel hob die Augenbrauen, und Julien wusste, dass sein langjähriger Freund die Grausamkeit von Raimunds Strafe erkannte, denn ebenso wie er selbst verabscheute auch dieser so ein gnadenloses Vorgehen.

„Sie werden nicht bekennen", bestätigte er Juliens Befürchtungen.

„Nein, das werden sie nicht. Er macht mich zum Schlachter von Hunderten von Frauen und Kindern!"

<hr />

Julien hatte trotz der Hitze seine volle Montur angelegt. Gabriel unterstellte ihm Selbstgeißelung und hatte damit vielleicht nicht so unrecht. Seine Schulter brannte unter dem Kettenhemd und dem ledernen Wams, sein Arm pochte bei jedem seiner Herzschläge. Diese beschleunigten sich, als er in den Palast trat, in dem die Gefangenen untergebracht waren.

Er grüßte Lamar und Louis, die Wache hielten und mit einigen von Raimunds Soldaten scherzten, während seine Augen versuchten, sich an das Dämmerlicht im Inneren der Halle zu gewöhnen.

Gabriel, der an seiner Seite war, keuchte, als ihm der bestialische Gestank entgegenschlug. Blut, Urin und andere Ausscheidungen Hunderter Menschen vermengten sich bei den heißen Temperaturen zu einem scharfen Geruch, der kaum zu ertragen war.

Kinder klammerten sich heulend an ihre Mütter. Männer, allesamt gefesselt und, den Spuren auf ihren Gesichtern nach, geschlagen und misshandelt, sahen Julien hasserfüllt entgegen. Er fühlte mit ihnen. Sie wären sicher lieber tot, als tatenlos zusehen zu müssen, wie ihre Familien niedergestreckt würden.

Matteo saß an einer der bewachten Türen. Seine Augen waren blutunterlaufen, und, obwohl er in Eile war, ging Julien zu dem jungen Kämpfer hinüber. Besorgt bemerkte er die Blässe und die fahrigen Bewegungen des Jungen.

„Du siehst müde aus."

„Ich schlafe nicht", gestand dieser verschämt, ohne Julien anzusehen. „Ich kann es nicht. Wann immer ich die Augen schließe, sehe ich meinen Bruder … ich wünschte, ich wäre blind, damit diese Bilder verschwinden."

Julien legte ihm tröstend die Hand auf die Schultern.

„Mir geht es genauso, Matteo. Auch ich kann die schrecklichen Bilder nicht vergessen. Der Verlust deines Bruders wird uns alle noch lange schmerzen. Gibt es etwas, das ich für dich tun kann? Du brauchst es nur zu sagen, wir sind für dich da!"

Matteos müder Blick glitt durch den Palast über die Köpfe der Gefangenen hinweg, ehe er Julien ansah.

„Lamar sagt, du befehligst die Hinrichtungen", stellte er tonlos fest, aber in seinem Blick lag ein Flehen, das in seiner Stimme fehlte.

Julien fröstelte trotz der Hitze des Tages, als er Matteos Bitte erahnte.

„Das ist richtig."

Der junge Krieger erhob sich und legte die Hand auf den Knauf seines Schwertes.

„Teil mich ein!"

Es war keine Bitte, sondern ein Befehl. Julien wollte protestieren. Wollte ihm sagen, dass er den Verlust nicht würde wiedergutmachen können, indem er Rache nahm. Er wollte seinem Freund die Schuld ersparen, die dieser dabei auf sich laden würde, aber das stand ihm nicht zu. Er selbst würde ähnlich empfinden, wenn es sein Bruder gewesen wäre, dessen Gedärm sich auf den Boden dieser Halle ergossen hätte.

Noch ehe Julien eine Entscheidung traf, kam Lamar dazu. Er schlug ihm freundschaftlich auf die gesunde Schulter und nickte zum Gruß.

Sein langes dunkelblondes Haar war am Hinterkopf über dem rasierten Teil seines Kopfes zusammengebunden. Es war filzig wie sein Bart, den er für gewöhnlich ordentlich stutzte. Von seinem strahlenden Aussehen, das ihm die Herzen unzähliger Frauen zu Füßen gelegt hatte, war im Moment nicht viel übrig. Eine Schnittwunde auf der Wange war verkrustet und geschwollen und eine Augenbraue aufgeplatzt. Das Auge darunter blutunterlaufen, was das stechende Blau seines durchdringenden Blickes noch verstärkte.

„Teil ihn ein, Juls. Er hat es verdient, seinen Bruder zu sühnen und seiner Familie dadurch Wiedergutmachung zukommen zu lassen", unterstützte Lamar Matteos Anliegen.

Julien verkniff sich einen Fluch. Wusste Lamar nicht, dass der Junge nicht das Kaliber hatte, mit so einer Tat leben zu können? Er war nicht stark genug. In der Brust des Jungen schlug ein unschuldiges Herz, und wenn er ihn zur Exekution einteilte …

„Julien, ich fordere diesen Gefallen von dir!", verlangte nun Matteo mit fester Stimme. „Diese Heiden haben den Tod verdient. Sie haben Quirin nicht einfach umgebracht – sie haben ihn in zwei Teile gehackt!", rief er, und seine Stimme hallte von den hohen Palastdecken wider.

„Er ist erwachsen, Juls. Gib ihm, wonach ihn verlangt", flüsterte Lamar.

Julien sah keinen Zweifel in Matteos Blick, als er nickte.

„So sei es. Lamar, teile zusammen mit Gabriel weitere

Männer ein. Niemanden aus unseren Reihen. Wir werden hier den Gefangenen die Möglichkeit geben, ihren Glauben zu Gott zu bekennen. Verwehren sie sich, eskortiert ihr sie zum Richtplatz."

„Ist dein Platz nicht ebenfalls am Richtplatz, Julien?"

„Sie können mich zwingen, es zu befehlen, aber nicht, das Schwert selbst zu führen. Es gibt sicher Männer in diesem Gottesheer, die mehr Erfüllung darin finden, Kinder niederzustrecken, als ich. Wer bin ich, jenen diese Belohnung für ihren tapferen Einsatz im Namen des Herrn zu verweigern?", gab Julien sarkastisch zurück und wandte sich ab.

Er war nicht nur in den Palast gekommen, weil er das Kommando über die Hinrichtungen trug, sondern weil dies seine letzte Gelegenheit war, mit der Frau zu sprechen, die er vor den Vergewaltigern gerettet hatte – um sie nun dem sicheren Tod zu überantworten.

Welch Ironie, dachte er, als er sich der zierlichen Frau näherte, die kraftlos auf dem kalten Stein lag. Im Dämmerlicht der Halle, die zu ihrem Gefängnis geworden war, sah sie viel zerbrechlicher aus, als in dem Moment, als sie sich rückwärts vom Dach hatte fallen lassen.

Julien nickte dem Heiden zu, der an ihrer Seite saß und ihre Hand hielt. Wieder fiel diesem das dunkle Haar bis auf die Brust, und er trug noch immer die gekreuzten Ledergurte, in denen die Säbel auf seinem Rücken gesteckt hatten.

Natürlich hatte Julien ihn entwaffnet, nachdem er sein Wort gehalten hatte.

„Töte mich, Christ!", hatte er gefleht, als Julien ihm die Klinge an den Hals gedrückt hatte, aber Julien hatte die Rache von dessen Männer gefürchtet und ihn als Pfand für seine eigene Sicherheit bei sich behalten.

Als Julien sich nun neben die Frau kniete, spürte er den brennenden Blick des Kriegers auf sich.

„Bist du gekommen, um uns jetzt zu töten, Christ?", fragte er, und Julien sah auf. Er hatte keine Zeit, denn Raimund hatte ihm Befehle erteilt. Dennoch war der Drang, diese Frau zu schützen, noch immer so groß, dass er auf sein Pferd gestiegen und hierhergekommen war, nur um sie zu sehen. Darum wollte er sich mit ihrem Mann nicht aufhalten.

„Ich bin nicht wegen dir hier", wies er ihn zurecht und wandte sich an die Frau, aber der Krieger packte ihn am Arm.

„Rühr sie an, dann töte ich dich mit bloßen Händen!", warnte er Julien.

Sofort richteten sich etliche Schwerter auf den dunkelhäutigen Krieger, und Julien riss sich los. Er kniff die Augen zu schmalen Schlitzen zusammen.

„Du Narr! Wollte ich sie schänden, würde ich es tun! Hier, vor deinen Augen – und alle meine Männer noch dazu! Dein Stolz ehrt dich, nur rettet er dich leider nicht."

Julien gebot den Männern, ihre Waffen wegzustecken und zurück auf ihre Posten zu gehen, ehe er sich nun an die Frau wandte.

„Wie geht es dir?", fragte er und hob ihren Rock bis zu dem Verband an ihrem Schenkel, was dem Heiden ein wütendes Knurren entlockte. Julien sah, dass sein Gegenüber die Fäuste ballte.

Die Frau stöhnte, setzte sich aber ein Stück auf. Sie lächelte.

„Willst du mich heilen, wie es der angebliche Gottessohn tat, ehe du mich den Schlächtern übergibst?", höhnte sie.

Julien vergewisserte sich mit einem Blick über die

Schulter, dass niemand ihr Gespräch mit anhörte.

„Nicht einmal Jesus könnte dich retten, wenn du weiter Schindluder mit Gottes Namen treibst", warnte er sie und beugte sich näher zu ihr herab.

Es war verrückt.

Sie befanden sich am schrecklichsten Ort, den man sich vorstellen konnte, und es war Irrsinn, jemandem nahe sein zu wollen, dessen Tod man befehligen musste. Trotzdem hatte ihn die Erinnerung an ihre Stimme hierher gelockt. Sie beherrschte seine Sprache, aber ihr orientalischer Klang hatte eine nie gekannte Intensität und erinnerte Julien an das erste Mal, als er Anis geschmeckt hatte. Es war ihm fremd gewesen, aber er hatte gleich gewusst, dass es ihm gefiel.

Sie lachte, und das erschien ihm unter den gegebenen Umständen wie ein Wunder.

„Vielleicht werde ich sterben, Christ, aber die Wahrheit stirbt nicht! Wir sind nicht die Einzigen, die die Wahrheit kennen, nur sind wir die Letzten, die wissen, wo sie sich verbirgt."

Sie fasste nach Juliens Hand und drückte sie.

„Du bist ein guter Mann. Deine Absichten sind edel. Darum bist du hier, du denkst, du kämpfst für Gott. Dein Heldenmut und deine Ehre brachten mich hierher. Du dachtest, du rettest mich – und nun sieh, wo uns deine guten Absichten hingeführt haben."

Julien sah sich um. Etliche Kinder weinten vor Hunger und Durst, da sie seit ihrer Gefangennahme nichts mehr zu sich genommen hatten. Sie beweinten ihren eigenen nahen Tod.

Er fuhr sich durchs Haar, wusste nicht, warum er ihren Worten überhaupt Gehör schenkte, wo sie doch gotteslästerliche Reden schwang.

„Was ist die Wahrheit, von der du sprichst, Weib?", fragte Julien und suchte in ihren dunklen Augen nach einer Antwort.

IM REGEN

———————◆———————

Der Regen schaffte Vertraulichkeit, wo keine war. Der feuchte Geruch nach Gras und Erde hing zwischen den Bäumen, und Julien beeilte sich, durch den nassen Vorhang hindurch zu finden, wonach er suchte. Ein Impuls – mehr war es nicht gewesen. Der kurze Moment, als das Feuerzeug aufglühte und sich in roten Locken reflektierte. Unmöglich zu sagen, ob er sich irrte. Ob es die Frau war, nach der er suchte? Es schien ihm, als würde er sie kennen. Wer war er, diese Eingebung zu hinterfragen? Also hatte er seinen Aussichtspunkt auf dem Dach des Hotels aufgegeben und war ihr gefolgt. In den Park, in den noch dichteren Regen – in eine Falle? Der Gedanke kam ihm, aber er wischte ihn beiseite, wie er sich auch das Wasser aus dem Gesicht wischte.

Vor ihm gabelte sich der Weg, und er fluchte. Wohin wollte sie? Was war ihr Ziel? Der Bahnhof? Wusste sie vielleicht um die Gefahr, in der sie schwebte, und plante ihre Flucht? War sie dabei, zu verschwinden? Sich in Luft aufzulösen, wie er selbst es schon so oft getan hatte?

Julien entschied sich für den rechten Pfad und folgte diesem, als ein Geräusch seine Aufmerksamkeit erregte. Er sah sich um. Es waren keine Passanten in der Nähe. Das war gut. Er löste die Manschettenknöpfe seines Hemdes und streckte die Arme, damit ihm die Klingen in die Hand glitten.

Langsam trat er hinter die marmorne Tafel, hinter der er das Geräusch vernommen hatte.

Der Wanderer! Julien biss die Zähne zusammen und schluckte den Fluch, der auf seiner Zunge lag hinunter.

„Wir können noch länger spielen, oder du sagst mir, was ich wissen will", raunte der Wanderer, und Julien hörte ein Wimmern.

Kurzerhand trat er hinter den alten Bekannten und legte ihm die Klinge an den Hals.

„Ich hoffe, ich komme nicht ungelegen?", fragte Julien und entwand seinem überraschten Gegner die Pistole, ehe er sich zwischen ihn und die Frau schob.

Der Wanderer verbeugte sich anerkennend und lächelte dieses Lachen, das kein Gefühl zeigte.

„Colombier – mein Freund – es ist lange her."

„Nicht lange genug, wenn du mich fragst." Julien ließ das Magazin aus der Waffe gleiten und steckte es ein.

„Ich glaube, Gabriel hat kürzlich etwas Ähnliches gesagt", erwiderte der Wanderer beißend.

Julien erstarrte. Sogleich bereute er, die Waffe achtlos beiseite geworfen zu haben. Bedeuteten des Wanderers Worte, was Julien glaubte? Wenn ja, dann hätte er ihm am liebsten eine Kugel in den Leib gejagt – auch wenn er wusste, dass das keinen von ihnen umbringen würde. Der Wanderer erhoffte sich vermutlich einen Vorteil, indem er ihn reizte. Und glaubte man den Geschichten, war eine Kugel im Leib für diesen Kerl nichts Neues. Man erzählte sich, jedes Stück Metall an seiner Kleidung wäre zuvor auf ihn abgefeuert worden.

„Wer hat dich dieses Mal bezahlt?", fragte Julien und verschaffte der Frau hinter sich etwas Luft. Er hatte noch keine Gelegenheit gehabt, sie anzusehen, aber er spürte ihre

Angst.

„Die Frage ist doch, wer mich nicht dafür bezahlt, euch mit Rubinen zu ... *beschenken*? Ihr habt viele Feinde."

Der Wanderer bückte sich und zog eine lange rote Kristallklinge aus dem Schaft seines Stiefels. Damit tat er so, als säuberte er sich die Fingernägel.

„Wir hatten einen Handel", erinnerte Julien sein Gegenüber.

Der nickte. „Mein Preis hat sich geändert, hat euch das Gabriel nicht ausgerichtet? Als ich ihn zuletzt sah, schien er das erkannt zu haben."

„Wer hat dich bezahlt? Die Bruderschaft? Die Kirche?"

Der Wanderer strich über den Pelz an seinem Kragen, als wäre es ein Kätzchen, und ließ die Rubinklinge durch seine Finger tanzen. Das war waghalsig, denn selbst der kleinste Schnitt mit dieser Waffe würde auch ihn selbst töten.

„Ich nehme mein Geld von allen, Colombier. So lebt es sich ganz angenehm, und du ...ance"

Er deutete mit dem speziellen Dolch auf Julien.

„... du solltest wissen, dass es mir persönlich egal ist, wer die Wahrheit hat, kennt, oder für seine Zwecke benutzt. Frag dich also lieber, woher mein Auftraggeber so viel über euch weiß, dass er mir genau sagen kann, wer von euch welchen Ton furzt."

Damit verneigte er sich vor Julien und lächelte. Diesmal erreichte das Lächeln auch seine Augen.

„Alter Freund, wir sehen uns sicher bald wieder."

„Freund? Söldner wie du haben keine Freunde – nur Feinde", widersprach Julien, aber der Wanderer hatte ihm schon den Rücken zugewandt.

„Feind, Freund – Freund, Feind, die Zeiten ändern sich, Colombier – vergiss das nicht."

Fays Lunge schrie nach Luft, die sie aus lauter Furcht angehalten hatte. Mit einem Japsen atmete sie tief ein, als der Wanderer, wie ihr Retter den Angreifer genannt hatte, so geräuschlos, wie er gekommen war, wieder mit den Schatten des Parks verschmolz.

Ihre Haut kribbelte, so angespannt waren ihre Sinne. Ihre Gedanken rasten, aber ihr Körper gehorchte noch immer nicht. Es war ihr, als falle sie, und nur der Rücken des Mannes vor ihr schien beständig, während sie an allem anderen in ihrem freien Fall vorbeirauschte. Wenn sie doch nur die Hände ausstrecken könnte, um sich an ihm festzuhalten …

Er drehte sich um, gerade, als es ihr gelungen war, ihre Arme zu heben. Sie wollte sich bedecken, sich verstecken, aber noch viel mehr wollte sie sich retten lassen. Sie wollte nur einmal in ihrem Leben nicht stark sein. Nicht die Tapfere spielen, sondern selbst gerettet werden. Trost und Hilfe finden. Und wer immer dieser Fremde war, sie spürte, dass er gekommen war, um genau das zu tun. Sie krallte sich schutzsuchend an sein Hemd, atmete seinen männlichen Duft, als sie ihren Kopf gegen seine Brust lehnte. Fays Knie versagten ihr den Dienst, und so hob er sie sanft in seine Arme, als wöge sie nicht mehr als ein Kind.

„Du bist in Gefahr", stellte er fest und zog seinen Mantel über ihre regennasse Haut. Fay fühlte sich bei ihm geborgen, obwohl ihr seine Worte Angst machten.

„Wer bist du? Und wer war dieser Kerl? Ich … was ist hier eigentlich los?"

„Mein Name ist Julien Colombier", erklärte er, und sein Blick lag auf ihrem Haar. „Ich habe nach dir gesucht. Du hast von mir nichts zu befürchten ..."

Julien wird dich finden, erklang es wieder, wie der Refrain eines vertrauten Liedes, in ihrem Kopf. Es war unheimlich, dass er wirklich vor ihr stand, obwohl er nicht einmal ihren Namen kannte.

„Fay. Fay Ledoux, und du bist ... Julien? Aber ich dachte, der Kerl ..." Fay war verwirrt.

„Er hat dich angelogen. Nur selten tut er etwas anderes, als die Unwahrheit zu sprechen", sagte Julien tonlos.

„Du kennst diesen Irren?"

„Er ist mir bekannt, aber niemand kennt ihn. Man nennt ihn den Wanderer, weil er ..."

Julien schüttelte den Kopf und lächelte sie an.

„... das tut für dich nichts zur Sache. Wir sind hier nicht sicher. Kannst du stehen?"

Er sah auf ihre Jacke und ihr Shirt hinunter, welche im Dreck lagen. Jetzt erst bemerkte sie, wie wenig sie anhatte, und auch wenn keine Spur Anzüglichkeit in seinem Blick lag, war sie für einen Tag bereits genug erniedrigt worden.

Behutsam stellte Julien sie auf ihre Füße, ohne sie jedoch loszulassen, und Fay war dankbar dafür. Sie fürchtete den Moment, in dem sie sich wieder allein ihren Sorgen stellen musste. Sie sah ihn an. Sah ihn zum ersten Mal richtig an und musste schlucken.

Er war ... ungewöhnlich. Nicht unbedingt sein Erscheinungsbild. Er war ein sehr attraktiver Mann. Dunkelblondes Haar, welches ihm locker in die Stirn fiel und bis in seinen Nacken reichte. Ein Dreitagebart, weich geschwungene Lippen und eine gerade Nase gaben ihm eine männliche Schönheit, aber das Besondere waren seine Augen. Nie zuvor hatte Fay solche Augen gesehen. Sie waren wie Gletscher. Grünblau und klar, nicht kalt, sondern geheimnisvoll, als würden sie Dinge kennen, die uralt und tief unter der Oberfläche versteckt waren. Es waren Augen, die mehr verbargen, als sie zeigten, und doch hell und offen leuchteten.

„Hat er dir wehgetan?", fragte er und neigte ihren Kopf. Vorsichtig strich er über den Kratzer an ihrem Hals, den die Pistole hinterlassen hatte.

Fay hätte weinen mögen. Sie fühlte sich so schwach unter dem zärtlichen, fürsorglichen Blick des Fremden. Noch schwächer, als in dem Moment, in dem sie bedroht worden war. Es war eine Schwäche, die so anders war als die Hilflosigkeit, die sie so oft verspürte, denn dieses Mal wurde keine Stärke von ihr erwartet. Er schien nichts zu fordern, hatte noch nicht einen Blick auf ihre Brüste geworfen, obwohl sie nur ihren BH trug. Eine Träne stahl sich aus ihrem Augenwinkel, und Fay wusste, sie musste dringend ihren Schutzschild hochfahren, ehe sie vollends zusammenbrechen würde.

„Nicht mehr, als es Männer für gewöhnlich tun", antwortete sie und löste sich aus seinem stützenden Griff, um sich nach ihrem Sweatshirt zu bücken. Sie wandte ihm den Rücken zu, bis sie ihre Lederjacke an und bis zum Hals geschlossen hatte. Mit zitternden Fingern kramte sie nach einer Zigarette, und, während sie die ersten beruhigenden Züge tat, beobachtete sie ihren Retter unter gesenkten Lidern hervor.

Er wartete, als hätte er alle Zeit der Welt, auch wenn seine Haltung eine gewisse Anspannung verriet.

———◆·———

Sie klammerte sich an ihrer Zigarette fest, als wäre sie ein Anker in sturmumtoster See. Julien hatte schon oft beobachtet, wie Menschen zu solchen Mitteln griffen, wenn ihnen ihr Leben entglitt.

Noch war es ihm ein Rätsel, was Gabriel mit dieser Frau zu tun gehabt haben mochte. Aber es bestand kein Zweifel, Fay war die Frau, deren Haarsträhne sein Freund bei sich getragen hatte. Haar in dunkelstem Rot. Etwas an diesen wilden Locken weckte in ihm das Verlangen, sie zu berühren, seine Hände darin zu vergraben.

Er ließ seinen Blick über die Frau wandern, von der er sich Antworten auf all seine Fragen erhoffte. Sie sah trotz ihrer ablehnenden Haltung verletzlich aus. Unsicherheit und Furcht konnte Julien in ihren haselnussbraunen Augen sehen, die ihn drängten, für ihre Sicherheit zu sorgen. Nicht nur, weil sie die Einzige war, die ihm etwas über Gabriel und offensichtlich auch über den Verbleib der *Wahrheit* sagen konnte, musste er sie in Sicherheit bringen. Und hier waren sie nicht sicher.

Als sie die Kippe schließlich fallen ließ und austrat, fand Julien, ihr genug Zeit gegeben zu haben, um ihre Fassung wiederzuerlangen. Es war an der Zeit, ihm seine Fragen zu beantworten.

„Hat auch Gabriel dich verletzt?", griff er das Gespräch von vorher wieder auf.

Sie warf ihm einen misstrauischen Blick zu.

„Scheiße, ich kenne diesen Kerl doch überhaupt nicht! Ich weiß nichts von ihm und – Verdammt! –, ich hab auch keine Lust, von euch geisteskranken Typen in Schwierigkeiten gebracht zu werden! Hätte nicht gedacht, dass es noch Kerle gibt, die schlimmer als meine üblichen Verdächtigen sind, aber da lag ich ja wohl falsch!"

Julien runzelte die Stirn.

„Du kennst Gabriel nicht? Er trug eine Strähne deines Haares bei sich, als er starb! Also erzähl keine Märchen."

Sie wurde blass wie der Marmor in ihrem Rücken und

hob abwehrend die Hände.

„Tot? Er ist tot? Verdammt, in was zieht ihr mich da hinein? Ich gehe! So eine Scheiße, ich gehe zur Polizei!"

Sie zog sich die Kapuze ihrer Jacke über die nasse rote Mähne und wollte sich an Julien vorbei zurück auf den Weg schieben, aber er hielt sie auf.

„Fay. Du weißt, dass ich dich nicht gehen lassen kann. Du bist nicht sicher – auch nicht bei der Polizei. Der Wanderer gibt nicht auf. Er wird dir folgen und dich bei nächster Gelegenheit nicht so glimpflich davonkommen lassen. Du hast etwas, das er will – was auch ich will –, aber im Gegensatz zu ihm, werde ich dich schützen."

Sie versuchte, sich loszureißen, aber Julien gab nicht nach. Sie hatten bereits zu viel Zeit vergeudet.

„Hast du den Stein, Fay? Hat Gabriel dir den Rubin anvertraut?", fragte er, und er wusste, seine Finger gruben sich schmerzhaft in ihren Arm.

Ihr wütender Blick verriet ihm die Antwort, und so brauchte er nicht mehr.

„Du wirst ihn mir zurückgeben. Jetzt!"

———————◆·——————

Juliens Griff fühlte sich an, als wäre ihr Arm in einem Schraubstock gefangen, und der Blick aus seinen durchdringenden Augen zeigte ihr, dass er nicht nachgeben würde. Er würde bekommen, was er wollte – und das wusste er.

Fay schloss die Augen. Wie ein Hammerschlag traf sie die Resignation. Sie war so müde. Müde des ewigen Kampfes um ein besseres Leben, das sie doch nie erreichen würde. Der Stein – ihr Ticket in ein neues Leben, so hatte sie gedacht – hatte ihr nur Ärger eingebracht. Sie wusste,

Chloé würde enttäuscht sein, aber ihr blieb ja keine andere Wahl. Julien Colombier war fest entschlossen, ihr die bessere Zukunft zu nehmen.

„Gib ihn mir, Fay!", wiederholte er.

„Was ist das für ein Stein? Ein Rubin? Ein Scheiß wertvoller Rubin? Dann seid ihr doch bescheuert, wenn ihr denkt, ich würde ihn einfach so bei mir tragen! Glaubst du etwa auch, ich hätte ihn mir zwischen die Möpse geklemmt?"

Fay war am Ende ihrer Nerven und so wütend. Sie schrie, sodass sogar die Vögel aus den Baumwipfeln aufstoben.

„Willst du nicht selbst nachsehen? Lieber auf Nummer sicher gehen, wie dein beschissener Psycho-Freund?"

Sie riss sich die Jacke auf, packte seine Hand und presste sie auf ihre Brust.

„Und? Ist er da?"

Fay wusste nicht, was sie wütender machte. Juliens Ruhe oder die Tatsache, dass er ohne jede Reaktion auf ihren Ausbruch die Hand von ihrem Busen nahm.

„Du bist aufgebracht", stellte er trocken fest.

Am liebsten hätte Fay ihm eine verpasst. „Aufgebracht? Aufgebracht!? Wer sagt denn sowas?"

Wieder überging er ihr Geschrei und war nach wie vor die Ruhe selbst.

„Ich nahm an, dass des Wanderers Suche gründlich war und er den Rubin längst in seinem Besitz hätte, wenn du ihn bei dir gehabt hättest."

Beschämt dachte Fay an die perverse Gründlichkeit der Suche dieses Irren und nickte nur.

„Sag mir besser gleich, wo er ist, denn, wenn wir uns nicht beeilen, werden noch andere hinter dir her sein."

„Warum? Was ist an dem Stein so Besonderes, dass die

Vereinigung der Geisteskranken ihn unbedingt haben will?"

Julien lächelte – und Fay war wie geblendet. Scheiße!, sah der Typ gut aus, wenn er nicht so unbeteiligt wirkte. Sogar in seiner Stimme schwang Humor mit, als er antwortete.

„Du hast es doch selbst gesagt – es ist ein sehr wertvoller Rubin."

„Und das ist alles?"

„Das ist alles, was du wissen musst."

DAS ELIXIER

———◆———

JERUSALEM, 1099

Bist du mutig genug, der Wahrheit ins Auge zu sehen, Christ? Oder hängst du, genau wie alle anderen an dieser Lüge, zu der ihr euer Leben lang gebetet habt?"

Julien sah den Heiden an, der zärtlich die Hand seiner Frau hielt. Sein Blick war ernst und voll des Schmerzes. Seine Frau war von den Kreuzrittern vergewaltigt worden. Wie sehr musste es ihn quälen, sie nicht beschützt zu haben? Quälte es ihn so sehr, dass er bereit war, gotteslästerliche Reden zu schwingen, auch wenn dies ihnen beiden den Tod brachte?

Julien wischte sich den Schweiß aus dem Nacken und sah auf die Frau hinab. Sie war schön. Er wollte hören, was sie sagte, nicht nur, weil ihre Stimme ihm eine Wohltat in dem Geschrei der Todgeweihten war, sondern weil sie etwas in ihm berührte, das er nicht benennen konnte.

„Sprich! Was wäre es für eine Welt, in der kein Raum für Wahrheit ist?", fragte er und erntete ein Lachen.

Diesmal war es der Heide, der sprach.

„Mein Name ist Said, und das ist die einzige Wahrheit, die du annehmen kannst, ohne deinen Gott zu verraten."

Julien nickte.

„Denke nicht, Christ, dass wir unser Wissen mit allen teilen, die des Weges kommen. Nein, im Gegenteil. Die

Wahrheit ist ein kostbares Gut, und kaum einer kann sie ertragen. Wir hüten sie für die Nachwelt, aber wie es aussieht, hat die Lüge einen weiteren Sieg errungen, und wir werden die Nachwelt nicht mehr erleben. Du wirst uns zuerst nicht glauben. Du wirst uns für Lügner halten, für verrückt, aber ich habe gesehen, wozu du fähig bist. Du gehst nicht mit blindem Herzen durch die Welt. Du wirst den Beweis suchen, von dem ich dir jetzt erzähle, und wenn du der Mann bist, für den wir dich halten, wirst du weiterführen, was wir nicht mehr können."

Said sah besorgt auf seine Frau nieder. Sie litt starke Schmerzen, und es gab nichts, das er tun konnte, um ihre Qualen zu lindern. Er legte ihr die Hand auf die fiebrige Stirn und murmelte etwas in fremder Sprache.

Auch Julien war in Sorge. Die Kräfte der Frau schwanden rapide, und die Soldaten hinter ihm hatten begonnen, die Gefangenen vor den Priester zu schleppen. Unruhe kam auf, und Julien wusste, ihm blieb nicht viel Zeit.

„So sprich doch weiter", bat er und fuhr sich nervös durchs Haar.

„Unsterblichkeit", sagte Said und sah Julien unverwandt an. „Die Wahrheit ist Unsterblichkeit. Es gibt ein Elixier – es vermag Menschen zu töten und sie dann in einem unsterblichen Leib wiederzuerwecken. Euer Herr, Jesus von Nazareth, ist nicht wiederauferstanden durch Gottes Hand – oder, weil er Gottes Sohn war …"

Said richtete sich auf. Sein Blick ruhte auf Julien, als prüfe er dessen Reaktion.

„Er wusste von dem Elixier … und wendete es an."

Alles in Julien sträubte sich gegen diese unglaubliche Behauptung.

„Warum sollte ich diesem Unsinn Gehör schenken?",

fragte er daher.

„Weil dies, Christ, ... die Wahrheit ist. Euer König der Juden starb am Kreuz, nachdem man ihm einen Schwamm reichte, der mit Essigwasser getränkt war. Dieser Essig – er war vermischt mit dem Elixier. Das nahm ihm das Leben ... um ihn später unsterblich zurückkehren zu lassen."

Julien schüttelte den Kopf und erhob sich. Er war ein Narr, seine Zeit mit derartigem Geschwätz zu vergeuden. Es herrschte Krieg. Die Menschen logen und betrogen für viel Geringeres als ihr Überleben.

„Christ!", rief ihm Said hinterher. „Der Beweis – das Elixier ... es braucht einen neuen Hüter. Du musst es finden – und im Sinne der Menschheit handeln."

Julien zögerte. Er hatte die Halle schon halb durchquert. Vor ihm wurden die Gefangenen, nachdem sie nicht bereit waren, ihrem Glauben abzuschwören, mit Stiefeltritten zum Richtplatz geschafft. Sein Geist drehte sich im Kreis, denn tief in ihm verlangte etwas danach, Saids Behauptung zu prüfen. Wütend auf sich selbst machte er kehrt. Der Heide kniete am Boden, und seine Stirn lag auf dem Bauch der Frau. Sie keuchte.

„Du wirst mit mir kommen und einen Beweis für deine Geschichte erbringen", forderte Julien, aber der dunkelhaarige Krieger bewegte sich nicht.

„Hörst du, was ich dir befehle?"

Said sah ihn an.

„Jeder hört dich, Christ. Aber ich bleibe bei ihr – sie stirbt."

Julien fluchte. Der Heide hatte recht. Die Frau würde den Weg zum Richtplatz nicht überleben. Er wünschte, er könnte etwas tun, aber ihm waren die Hände gebunden.

„Ich kann sie nicht retten, aber dich vielleicht", bot er Said an. „Ich dachte, das war es, was ihr wolltet?"

„Du verstehst es immer noch nicht, Christ. Unser Leben ist es nicht, das wir schützen wollen – sondern die unermessliche Macht, die dieses Elixier birgt."

„Dann steh auf und zeig mir diesen Zaubertrank", befahl Julien erneut, aber wieder schüttelte Said den Kopf.

„Sie ist meine Frau. Deine Männer haben ihr genug Gewalt angetan. Gib mir deine Klinge, denn sie wünscht, durch meine Hand zu sterben."

„Du weißt, dass das unmöglich ist. Ich kann dir mein Schwert nicht geben."

„Feigling!", murmelte Said. „Meine Ehre war an dich verschwendet."

Julien biss die Zähne zusammen. Er sah über die Schulter, aber keiner schenkte ihnen Beachtung. Schnell zog er den Dolch aus seinem Gürtel und reichte ihn dem Heiden, griff aber zugleich nach seinem Schwert, um ihm zu zeigen, dass er ihm nicht vertraute.

Said nickte. Küsste den Stahl und kniete sich neben seine Frau.

„Danke, Christ", murmelte sie, und Julien glaubte, Anis auf seiner Zunge zu schmecken. Als das Blut glänzend und warm aus ihrer Kehle sprudelte, war sich Julien sicher, nie wieder eine Stimme zu vernehmen, die lieblicher sein würde. Das Leben entwich aus ihrem Körper, und der furchtlose Krieger schämte sich nicht der Tränen, die er in aller Stille um sie vergoss.

Tief in der Nacht saß Julien in seinem Zelt und wartete. Nie zuvor hatte er sich so ruhelos und ohne jeden Halt im Leben gefühlt wie in diesem Moment. Als sich die Zeltvorhänge hoben und seine Männer mit fragenden

Gesichtern hereinkamen, stand er auf und bot ihnen einen Platz an. Er goss Wein in Kelche und reichte sie herum. Dann wartete er, bis Ruhe einkehrte. Dabei entging ihm das Murmeln nicht, welches Saids Anwesenheit in seinem Zelt auslöste.

„Was ist los, Juls? Warum lässt du uns mitten in der Nacht rufen?", fragte Lamar vorwurfsvoll und mit einem anzüglichen Grinsen. Er fasste sich zwischen die Beine. „Ich war gerade beschäftigt."

Alle, bis auf Gabriel, lachten. Der sah ernst und besorgt aus.

„Wo warst du den ganzen Tag, Julien?", fragte er aufgebracht. „Du steckst bis zum Hals in Schwierigkeiten. Raimund von Toulouse war außer sich, als er hörte, du hättest die Hinrichtungen verpasst. Du hast seinen ausdrücklichen Befehl missachtet! Er verlangt, dich zu sehen, und ich fürchte, diesmal kommst du nicht so glimpflich davon."

Julien tat Gabriels Vorwürfe mit einer wegwerfenden Handbewegung ab.

„Ich war mit Wichtigerem beschäftigt", entgegnete er. „Und das ist auch der Grund, weshalb ich euch bat herzukommen. Wo ist Gerome?"

„Er ist verschwunden. Zuletzt war er im Palast, als wir die Gefangenen zum Richtplatz geführt haben. Seither hat ihn keiner mehr gesehen", erklärte Arjen, wurde aber von Gabriel unterbrochen.

„Was könnte wichtiger sein, als Raimunds Befehl Folge zu leisten. Weißt du nicht, was geredet wird? Man wird ihm die Krone über Jerusalem anbieten! Es ist gefährlich, Juls, den künftigen König zu verärgern."

„Was ich euch zu sagen habe, ist bedeutsamer als alle Könige zusammen … wenn stimmt, was Said sagt. Darum seid ihr hier. Mein Verstand allein vermag die Wahrheit vielleicht nicht zu erkennen."

„Nun denn, Juls ...", mischte sich Cruz ein und stützte sich mit den Armen auf den Tisch. „... erklär uns, was wir hier zu nachtschlafender Stunde sollen, und hör auf, in Rätseln zu sprechen."

Er schien neugierig, denn die mächtigen Muskeln an seinen Armen waren angespannt und seine Finger trommelten auf die Tischplatte.

Julien nickte und bedeutete Said, die Truhe zu öffnen, die diesem als Sitz gedient hatte. Behutsam hob der Heide einen in Tuch gewickelten Gegenstand hervor und reichte ihn an Julien weiter. Dessen Hände zitterten, als er das Päckchen annahm.

Er sah in die Augen seiner Freunde, ehe er das Tuch zurückschlug. Said hatte ihn ausdrücklich gewarnt, weitere Männer in das Geheimnis einzuweihen. Aber diese Männer waren in den letzten zwei Jahren für Julien zu Brüdern geworden. Er vertraute jedem von ihnen sein Leben an. Wenn das, was er in Händen hielt, auch wirklich war, was Said behauptete, dann brauchte er treue Freunde an seiner Seite, um zu entscheiden, was das Richtige war.

Die letzte Falte des Tuchs rutschte beiseite und enthüllte den faustgroßen, im Licht der Fackeln in dunkelstem Rot glühenden Stein in Juliens Händen. Die Männer sogen überrascht die Luft ein.

„Himmel, Julien, was ist das? Wo hast du den her?", fragte Louis und strich sich über den Bart.

„Ja, Juls, was ist das? Ein Edelstein?", wollte auch Claudio wissen und trat näher.

„Dieser Stein ist ein Rubin", antwortete Julien. „Aber er ist noch sehr viel mehr."

Er schloss seine Finger um den oberen Teil der

geschliffenen Kostbarkeit, und mit einem leisen Klacken drehte er die Spitze ab. „Es ist so etwas wie eine Ampulle", erklärte er und hob den abgelösten Stöpsel hoch, damit ihn alle sehen konnten.

Said wurde nervös. Beunruhigt wanderte sein Blick zum unbewachten Zelteingang und zurück zu Julien.

„Christ!", meldete er sich zu Wort. „Sei vorsichtig. Es genügt, mit einem Tropfen des Elixiers in Berührung zu kommen, und …"

„Und was? Warum trägt dieser heidnische Hurenbock eigentlich noch seinen Kopf auf den Schultern, Juls? Was hat er hier zu suchen?", fragte Lamar und legte drohend die Hand an seinen Schwertknauf.

„Halte dich zurück, Lamar!", rief Julien und funkelte seine Männer böse an. „Ich habe euch hierher befohlen, weil ich euer Vertrauen brauche! Ich weiß, dass ihr Fragen habt, mein Verhalten euch Rätsel aufgibt, aber bitte, hört mich jetzt an, denn die Nacht schwindet schneller, als mir lieb ist – und wir müssen eine Entscheidung von unfassbarer Größe treffen. Also schweigt und lasst mich erklären!"

Lamar schnaubte, schloss sich aber dem Nicken der anderen an.

„Dieser Edelstein – diese Ampulle, oder wie immer wir es nennen wollen, enthält eine Flüssigkeit", fuhr Julien fort. „Said behauptet, diese berge eine unvorstellbare Kraft, und nach dem, was ich heute mit ihm erlebt habe, gibt es für mich keinen Grund, an seiner Aussage zu zweifeln."

Er holte tief Luft und sprach es aus.

„Angeblich verleiht es … Unsterblichkeit."

Ungläubig starrten ihn seine Freunde an.

„Und er sagt, es gibt Menschen auf dieser Erde, die das Elixier angewendet haben, wie beispielsweise … Jesus von

Nazareth."

Gabriel bekreuzigte sich und schüttelte fassungslos den Kopf.

„Bei allem, was mir heilig ist, Juls! Das kann nicht dein Ernst sein! Das ist Blasphemie!"

„Schlag dem Heiden den Kopf ab, dann wird auch sein gotteslästerliches Gespinn verstummen!"

Julien wartete, bis sich die Unruhe gelegt hatte.

„Wenn er die Wahrheit spricht, dann ist es nicht gotteslästerlich. Dann müssen wir sogar so weit gehen, unseren Glauben infrage zu stellen."

Gabriel schüttelte den Kopf.

„Wie kannst du nur solchen Worten Gehör schenken? Das ist doch Wahnsinn!"

„Weil alles, was er gesagt hat, Sinn ergibt. Er hat mich heute bis zu den Überresten der Grabeskirche geführt. In den Trümmern gibt es einen geheimen Gang. Ob dieser aus der Zeit stammt, in der Helena von Konstantinopel, die Mutter von Kaiser Konstantin dem Großen, Grabungen hat durchführen lassen, oder ob der Gang bereits vorher existierte, ist nicht sicher. Aber – so vermutet Said – anscheinend hat Helena dieses Elixier für sich oder ihren Sohn finden wollen. Zusammen haben sie nach ihrer Suche unter dem ursprünglich römischen Tempel den Bau der Grabeskirche veranlasst, und wie es scheint, heilige Reliquien an sich genommen."

Julien war zufrieden, dass ihm seine Männer nun wenigstens Gehör schenkten. Es fiel ihm selbst schwer, das alles zu begreifen.

„Said weiß nicht, ob sie gefunden hat, wonach sie suchte, noch woher sie von der Existenz des Elixiers hatte wissen können, aber vermutlich ist es ihr zu verdanken, dass der Geheimgang, den ich heute betrat, existiert. Dort, in den verschütteten Überresten des ehemaligen Felsengrabes war das Rubinfläschchen versteckt. Said und seine Männer, die beim Sturm auf Jerusalem getötet wurden, waren die Wächter dieses Schatzes. Nun soll es an uns sein, diese Aufgabe zu übernehmen."

DAS VERSTECK

PARIS, HEUTE

J ade rollte ihr Zungenpiercing in ihrem Mund herum. Das leise Klackern gegen ihre Zähne beruhigte sie. Sie klickte sich durch verschiedene Dateien und scrollte durch die Register der Meldebehörde. Das Standbild auf dem Monitor zu ihrer Linken zeigte das Polizeifoto einer Fay Ledoux. Die Frau darauf sah jung und verletzlich aus, auch wenn ihre rote toupierte Mähne und das grelle Make-up sie hätten älter wirken lassen sollen.

Leider konnte Jade mit diesem Eintrag nichts anfangen, da als Adresse eine Einrichtung für jugendliche Straßenkinder angegeben war, man aber dort seit Jahren nichts mehr von Fay gehört hatte.

Nun hackte sich Jade durch die deprimierende Vergangenheit der Gesuchten: zerrüttetes Elternhaus, Gewalt, Krankenhausaufenthalte, Überdosis der Mutter und wieder Gewalt durch den Vater. Dann eine Verhaftung wegen Körperverletzung, die schließlich wegen Notwehr gegen einen Übergriff des Vaters fallengelassen wurde.

Hier fand Jade den ersten Hinweis auf eine Chloé Ledoux, die damals die Aussage ihrer Schwester bestätigt hatte. Dann verlor sich die Fährte, und Fay schien sich in Luft aufgelöst zu haben. Keine weiteren Einträge in ihrer Polizeiakte, keine Krankenakte, kein Konto, keine Versicherung, geschweige denn ein Zeitschriftenabo.

Jade knackte mit ihren Fingern. Müsste sie das Leben dieser Frau führen, würde sie sich auch in Luft auflösen wollen, überlegte sie und dachte für einen Moment an ihre eigene Kindheit zurück.

Ihre Eltern waren reich. Stinkreich, wie Jade immer zu sagen pflegte, und ein Beispiel für den perfekten, tugendhaften Bürger. Sie zahlten ihre Steuern, spielten Tennis und gingen gerne ins Theater. Verreisten mindestens viermal im Jahr und besaßen ein weiteres Haus in der Toskana.

Jade hatte es nie an etwas gefehlt, und sie war wohl so etwas wie ein glückliches Kind gewesen. Sie wusste selbst nicht, was dann passiert war.

Die Beziehung zu ihren Eltern war während ihrer Pubertät vollkommen aus dem Ruder gelaufen. Jade hatte damals ihren Freundeskreis erweitert, Marihuana probiert und für gut befunden, und auch ihre sexuelle Orientierung gefunden – bei einer Frau. Zu Hause löste ihre Selbstfindung eine Welle der Empörung aus, und Jade hatte sich in einer Nacht- und Nebelaktion von ihren Eltern losgesagt. Da ihr Vater die Hoffnung auf eine Wiedervereinigung noch nicht aufgegeben hatte, war ihr Konto aber immer gut gefüllt.

Jade war in den letzten Jahren viel gereist und dabei auf die Bruderschaft gestoßen. Sofort hatte sie sich berufen gefühlt, deren Sache zu dienen und der Welt die *Wahrheit* zu bringen. Menschen wie ihre Eltern würden dann endlich erkennen, dass die größte Sünde dieser Welt nicht war, als Frau eine andere Frau zu begehren, sondern den Menschen über zweitausend Jahre lang eine unglaubliche Lüge zu präsentieren.

Aber dazu musste es der Bruderschaft endlich gelingen, die *Wahrheit* in ihren Besitz zu bringen. Ohne einen Beweis würde so ein massives Lügengebilde, wie die christliche Kirche es um sich errichtet hatte, niemals in sich zusammenfallen.

Es war an der Zeit, der Welt die Augen zu öffnen und die Wahrheit zu offenbaren.

Jade schob sich das Headset vom Kopf und stand auf. Ihr Weg zur Kaffeemaschine führte sie an Andrés Arbeitsplatz vorbei, und sie spähte ihm kurz über die Schulter. Auch er war an der Sache dran, nur folgte er einem der Nebelmänner. Die hinterließen für gewöhnlich überhaupt keine Spuren, aber die Überwachungskameras der Polizei oder die Webcams lieferten dennoch einzelne Hinweise.

Sie wusste, André war ungeduldig, und er erwartete von ihr, ihm in dieser Hinsicht unter die Arme zu greifen. Sie goss sich das dampfende Gebräu ein und wärmte ihre Finger an der Tasse. Für die Jahreszeit war es eindeutig zu kalt! Zudem ließ sie die Aussicht frösteln, dem Nebelmann noch einmal zu begegnen. Aber daran führte kein Weg vorbei, das hatte André deutlich gemacht.

Zurück an ihrem Platz starrte sie auf ihren Bildschirm und überlegte. Dann tippte sie *Chloé Ledoux* und begann ihre Suche von Neuem.

„Du hast den Rubin in einer Reinigung versteckt?"

Fay zuckte mit den Schultern und beachtete den ungläubigen Ausdruck in Juliens Gesicht nicht weiter.

„In der Deckenverkleidung. Das erschien mir am sichersten. Ich habe einen Schlüssel, weil ich im Dachgeschoss über der Reinigung wohne."

Julien fuhr sich wütend durchs Haar. Anscheinend war er

unzufrieden.

„Wann schließt der Laden?", fragte er mürrisch.

„Um acht, aber dann macht Monsieur Duprais noch die Kasse und wartet auf den Kurier, der die Lederwaren für eine spezielle Reinigung abholt. Gegen zehn Uhr sollte es kein Problem sein, unbemerkt an den Stein zu gelangen, denn Monsieur Duprais sieht um diese Zeit für gewöhnlich fern – ich höre das manchmal durch die Wand."

„Wir können nicht so lange hier im Park bleiben. Jetzt schon zur Reinigung zu gehen, ruft nur unsere Feinde auf den Plan. Du verstehst aber sicher, dass ich dich nicht einfach so gehen lassen werde, also musst du vorerst mit mir kommen."

„Nein, nein, nein, das muss ich nicht! Unsere Feinde? Ich hab überhaupt keine Feinde! Was du … und deine Freunde hier spielen, ist mir scheißegal. Ich will nach Hause."

Unter Juliens schweigendem Blick wurde Fay unwohl. Er sagte lange nichts. Schließlich gab er ihren Arm frei und nickte.

„Wie du meinst. Der Wanderer hat sicherlich das Interesse an diesem unheimlich wertvollen Edelstein verloren, denkst du nicht? Und vermutlich lauert er auch nicht irgendwo hier in der Nähe, um dir dann zu folgen und den Stein doch noch in die Hände zu bekommen."

Julien verspottete sie, und Fay hätte ihn am liebsten geschlagen. Sie hasste Männer! Ganz besonders so gut aussehende Kerle, die wussten, dass sie alles bekamen, was sie nur wollten. Und so ungern sie es zugab, dieser Kerl sah hervorragend aus – und würde zudem bekommen, was er wollte!

„Scheiße!", fluchte Fay und fischte nach einer Kippe.

„Na schön, ich komme mit dir."

Sie paffte, bis der feuchte Tabak brannte, und funkelte

Julien wütend an.

„Dann los, ich frier mir hier den Arsch ab!"

Mit einer Verbeugung und einem suchenden Blick durch den Park bedeutete Julien ihr, auf dem Weg voranzugehen. Er schien überzeugt, dass sie noch immer in Gefahr schwebte. Darum beeilte sich Fay, an seiner Seite zu bleiben, während sie zügig den Park verließen. Die Tauben saßen immer noch aufgeplustert im Regen, und es war fast so, als hätte sich die Welt nicht weitergedreht.

Julien führte sie ein Stück die Straße entlang bis zu einem dunkelgrauen Mercedes.

Er hielt ihr die Tür auf, und sprachlos vor Staunen ließ Fay sich in die edlen Ledersitze gleiten. Bis Julien neben ihr saß, hatte sie ihre Sprache wiedergefunden.

„Heilige Scheiße, was ist das denn?", fragte sie und strich mit ihren Fingerspitzen über das holzverkleidete Armaturenbrett.

Ihr Begleiter schien verlegen, als er den Motor startete und den Wagen durch die engen Straßen von Paris steuerte.

„Ich habe es nicht ausgesucht", erklärte er und zuckte mit den Schultern, ehe er das Gaspedal antippte und Fay über die Autobahn aus der Stadt hinaus schaffte.

„Ich weiß ja nicht, wie viel dieser Rubin wert ist, aber da du so einen Schlitten fährst, kann ich den Stein nötiger gebrauchen als du", stellte Fay trocken fest.

Sie hatte noch nie in einem so teuren Wagen gesessen. Von Aliens entführt zu werden, wäre ihr heute Morgen noch wahrscheinlicher erschienen, als in so einer Karre zu landen. Ein Blick auf ihren Entführer, und sie musste schmunzeln. Vermutlich war Julien nicht von dieser Welt, denn sie glaubte nicht, dass Menschen so attraktiv sein konnten. Und dabei ließ der Mann neben ihr nichts von der typischen Arroganz schöner Menschen erkennen. Im

Gegenteil: Er schien sich seiner Attraktivität nicht im Geringsten bewusst zu sein.

„Wo fahren wir hin?", fragte Fay, als sie die Stadt hinter sich gelassen hatten, ohne die Geschwindigkeit zu reduzieren.

„Bis es sicher ist, den Stein zu holen, kommst du mit zu mir. Du bist nass und wirst dich vermutlich umziehen wollen."

„Bist du ein Perverser oder so? Ich zieh mich nicht vor dir aus – das kannst du vergessen!"

Julien sah sie an. So, als sähe er sie zum ersten Mal. Dann richtete er den Blick wieder auf die Fahrbahn.

„In was für einer Welt lebst du, Fay? Gibt es für dich nur Misstrauen? Erkennst du nicht, wenn es jemand gut mit dir meint?"

Fay rieb sich die Oberschenkel. Die nasse Hose war eiskalt und würde mit Sicherheit Flecken auf dem Ledersportsitz hinterlassen. Das war so absurd! Wieder trieb ihr dieser Fremde mit nur wenigen Worten Tränen in die Augen. Scheiße, was ging es ihn denn an, wie ihre Welt aussah?

„Du meinst es nicht besser mit mir als alle anderen Kerle! Du willst den Stein. Tu also nicht so, als würdest du aus reiner Nächstenliebe handeln!"

Fay sah aus dem Fenster die Landschaft dahinfliegen und presste die Lippen zusammen. Warum gelang es ihr nur nicht, den Schutzmantel der Gleichgültigkeit wieder anzulegen, den sie immer um ihre Seele hüllte, wenn sie sich im *Café de Nuit* auszog oder einer dieser Säcke sie antatschte?

Warum ging ihr dieser Kerl mit den unvergleichlichen Augen so unter die Haut? Selbst seine Stimme berührte sie auf eine Weise, die ihr nicht gefiel.

„Es tut mir leid. Ich wollte nicht, dass du zwischen die Fronten einer Sache gerätst, die du nicht verstehen kannst und die ich nicht in der Lage bin, dir zu erklären. Gabriel hätte dich niemals einer solchen Gefahr aussetzen dürfen, aber das lässt sich jetzt nicht mehr ungeschehen machen. Alles, was mir zu tun bleibt, ist, den Stein zurückzuholen und dich zu schützen."

Er sah sie an und lächelte.

„Sei unbesorgt, dir wird nichts geschehen, solange du bei mir bist."

Fay schluckte. Sie hätte gerne etwas erwidert, ihm gesagt, dass sie sehr gut auf sich selbst aufpassen konnte, aber ihr versagte die Stimme. Sein Lächeln presste sie mehr in ihren Sitz als die Geschwindigkeit, und sie wollte mehr denn je seinen Worten einfach vertrauen.

Julien fuhr von der Autobahn ab, und endlich hörte es auf zu regnen. Sie fuhren eine gewundene Landstraße entlang, und sein Blick wanderte immer wieder zum Rückspiegel. Niemand folgte ihnen, und seine abfallende Anspannung übertrug sich auch auf Fay.

Der Übergriff des Wanderers hatte ihr ordentlich zugesetzt, und insgeheim war sie froh, dass sie Paris und all diese Gestalten hinter sich gelassen hatte. *Nun*, dachte sie zynisch – *alle, bis auf den geheimnisvollen Mann neben mir.*

Julien lenkte den Wagen von der Landstraße auf eine private Zufahrt. Fay sah sich um, aber weit und breit war nichts zu sehen. Sie fuhren immer weiter, einen baumgesäumten Weg den Hügel hinauf, bis schließlich die weißen Mauern und rotgedeckten Türme eines kleinen Schlosses vor ihnen auftauchten.

Ungläubig richtete sich Fay in ihrem Sitz auf.

„Wer bist du?", fragte sie und deutete auf das Auto und das prunkvolle Gebäude. „Echt jetzt, das ist doch nicht normal!"

Julien ließ den Wagen in den Hof rollen und parkte vor einer großen bogenförmigen Tür, die mit Rosenornamenten verziert war. Ein gemauerter Brunnen erzeugte historisches Flair, und die verspielten Fensterbögen waren wie aus einem der Märchenfilme, die Fay noch aus den wenigen glücklichen Momenten ihrer Kindheit kannte.

Julien zuckte mit den Schultern, und wie schon zuvor schien er verlegen. „Nur selten ist etwas so, wie es scheint, Fay."

„Solange du dich nicht als Vampir entpuppst oder mich Christian Greys Spielzimmer dort drinnen erwartet!"

Irritiert sah er sie an. „Wovon sprichst du?"

Fay grinste.

„Ach, vergiss es. Ist ja lustig, dass ich dem rätselhaften Fremden Rätsel aufgebe. Was ist nun? Steigen wir aus, oder darf ich dieses Märchenschloss nur vom Auto aus bewundern?"

Im Inneren war das Schloss noch viel beeindruckender als von außen. Die diagonal schachbrettartig gefliesten Räume hatten meterhohe Decken, und durch die bunten Bogenfenster fiel trotz des düsteren Tages hell und freundlich das Licht. Fays Schritte hallten von den Wänden des langen Korridors wider, wohingegen sich Julien beinahe lautlos neben ihr bewegte. Große Gemälde in goldenen Rahmen zeugten von erlesenem Kunstgeschmack, und Fay fühlte sich furchtbar fehl am Platz. Als wäre sie ein Kaffeefleck auf einem weißen Hemd.

Julien berührte sie sanft am Arm, als er sie durch eine Tür in eines der großzügigen Turmzimmer führte. Pastellfarbene Wände, ein mit luftigen Vorhängen geschmücktes Bett und ein dicker runder Teppich wirkten behaglich. Fay trat staunend ein.

Julien folgte ihr und öffnete die Tür in ein angrenzendes Badezimmer. Eine riesige Wanne mit goldenen Hähnen, eine Wasserfalldusche hinter durchscheinend blassblauem Mosaik und deckenhohe Spiegel raubten Fay den Atem.

Unbewusst schlüpfte sie aus ihrer Lederjacke. Das war definitiv etwas anderes als ihre tropfende Dusche mit dem lumpigen Vorhang.

„Sei mein Gast und fühle dich wie zu Hause. Wenn du etwas benötigst, lass es mich wissen."

Julien ging zu einer weiteren Tür und drehte den Schlüssel.

„Hier ist der Salon, der dein und mein Zimmer miteinander verbindet. Du kannst abschließen, wenn du möchtest. Ich werde dort auf dich warten, und … wir könnten zusammen essen, ehe wir uns den Stein holen."

Der Stein! Fay zuckte zusammen. Den hatte sie vor lauter *Ich fühle mich wie eine Prinzessin* total vergessen. Schuldbewusst dachte sie an Chloé, die in der kalten Kammer saß und sich sicher fragte, wo sie steckte. Dumm, dass weder sie noch ihre Schwester ein Handy besaßen. Aber das wäre eine unnötige Investition, denn es gab niemanden, der sie anrufen würde, und sie konnten es sich ohnehin nicht leisten. Wann immer sie Chloé erreichen musste, rief sie für gewöhnlich in der Wäscherei an.

„Danke, das ist nett von dir, Julien. Aber kann ich vielleicht kurz meine Schwester anrufen? Sie ist sicher in Sorge um mich."

Überrascht hob er die Augenbrauen.

„Deine Schwester? Weiß sie von dem Stein?"

„Ja. Aber sie weiß nicht, wo er ist."

Julien ging zum Fenster und fuhr sich durch die Haare. Seine breiten Schultern sperrten beinahe das ganze Licht aus, und Fay bewunderte seine zur Taille hin schmäler werdende Silhouette. Warum kamen eigentlich nie solche Kerle in die Bar? Schnell verdrängte Fay diesen Gedanken, als ihr einfiel, dass sie erst dem Erscheinen eines solchen Mannes in der Bar dieses ganze Chaos zu verdanken hatte. Diesem Gabriel, dessen Blut sie von ihrer Haut geschrubbt hatte. Gabriel, der tot war, wenn sie Julien glauben konnte.

„Ruf sie an. Sag ihr, du hast den Stein nicht mehr. Sag ihr, ich hätte ihn dir weggenommen und du würdest dich noch mit einem Freund treffen. Sie soll sich nicht fragen, warum du nicht nach Hause kommst."

Er schien beunruhigt. Fay verzog den Mundwinkel.

„Wenn ich ihr sage, ich treffe einen Freund, dann glaubt sie mir das nie. Ich habe keine Freunde. Aber keine Sorge, ich bekomme das hin. Sie ist doch nicht in Gefahr, oder?"

Julien zögerte.

„Ich denke nicht. Du bist es, hinter der sie her sind – und wenn deine Schwester sagt, ich hätte den Stein, dann wird ihr die Bruderschaft nichts tun, selbst wenn sie sie finden."

———◆———

Julien hoffte, er würde recht behalten, als er sah, wie Fay wählte. Noch immer klebten der jungen Frau die nassen Kleider am Leib und das Haar strähnig am Kopf. Ihm wollte nicht in den Sinn, warum Gabriel sie in die Sache hineingezogen hatte. Weshalb ausgerechnet sie? War sie schlicht als Einzige zur Stelle gewesen? Oder war es ihr auffälliges Haar, das ihnen den Hinweis hatte geben sollen? So musste es sein.

Er lauschte ihren Worten, um zu hören, was sie ihrer Schwester erzählte. Er traute ihr nicht. Irgendwann in den vielen Jahren seines Lebens hatte er aufgehört, Menschen außerhalb ihrer kleinen Gruppe zu vertrauen. Vertrauen war zu kostbar, als dass er es leichtfertig verschenken konnte. Gerade bat sie jemanden darum, kurz ihre Schwester sprechen zu dürfen. Sie tippte ungeduldig mit dem Fuß.

„Wir haben kein eigenes Telefon", erklärte sie beinahe entschuldigend.

„Hallo, Chloé, ich rufe nur an, damit du dir keine Sorgen machst. Ich bin auf dem Weg in die Bar. Ich mache lieber eine Sonderschicht, denn so ein echt unheimlicher Kerl hat mir den Edelstein abgenommen", hörte er Fay sagen.

„Nein, er muss wohl gewusst haben, dass ich den Stein hatte! Das war bestimmt dieser Julien, von dem der andere Typ gesprochen hat!"

Sie lauschte der Antwort aus der Leitung.

„Nimm es nicht so schwer. Vielleicht ist es besser, dass wir den Klunker los sind – mir war das wirklich eine Nummer zu groß. Wir schaffen es auch so. Ich muss jetzt los, bis nachher."

Sie reichte Julien das Telefon zurück.

„Du bist Kellnerin?", fragte er, aber Fay schüttelte den Kopf. Sie sah sich in dem schönen Raum um, und Julien fragte sich, warum es ihm so wichtig war, dass sie sich wohlfühlte. Wie ein Straßenkätzchen, dachte er, als er ihr nasses Haar und ihre magere Gestalt genauer betrachtete.

Sie sah ihn an. Ihr Blick – eine Herausforderung. Er wusste, dieser Ausdruck sollte ihm Stärke vorgaukeln. Stärke, die sie sicher nicht besaß.

„Nein, ich bin keine Kellnerin", erklärte sie und straffte ihre Schultern. „Ich tanze. Für Männer. Nackt."

Julien war überrascht. Nicht, dass sie nicht hübsch genug dafür wäre. Vielmehr überraschte es ihn, wie sehr ihn diese Vorstellung störte. Sie war so … nun, er sollte besser aufhören, sich um das Leben dieser Frau Gedanken zu machen. Es ging ihn nichts an, wie sie ihr Geld verdiente, auch wenn ihm diese unwürdige Art von Beschäftigung nicht gefiel. Ließ sie dabei wirklich alle Hüllen fallen?

„Willst du mich noch länger anglotzen? Es gibt keine Privatvorstellung, das habe ich schon gesagt!"

Julien fühlte sich beinahe ertappt. Nicht, dass er etwas Derartiges im Sinn gehabt hätte, aber er hatte sie tatsächlich angestarrt. Hatte sich gefragt, wie es wohl sein mochte, ihr beim Tanzen zuzusehen.

„Verzeihung. Ich lasse dich jetzt allein. Wenn du willst, schließe dich mir zum Essen an. Ich bin direkt nebenan."

Fay nickte und sah ihm nach, schloss aber entschieden die Tür hinter sich.

Julien wartete, ob sie abschließen würde, aber das tat sie nicht. Unschlüssig, was er nun tun sollte, ließ er sich auf das Sofa nieder, das den Salon mit seiner goldenen Farbe strahlen ließ.

„Gabriel und eine Stripperin!", murmelte er und fuhr sich durchs Haar. „Wer hätte das gedacht."

Nachdenklich griff er in die Brusttasche seines Hemdes und holte die Haarsträhne hervor. Wie Seide glitt die Locke durch seine Finger und verströmte den schwachen Duft ihres Shampoos. Julien schloss nachdenklich seine Hand darum.

Das Klopfen an der Tür riss ihn aus seinen Gedanken, und er legte die Strähne auf das Tischchen neben sich.

„Ja bitte", bat er, und schon öffnete sich die Tür.

Lamar trat ein.

„Ich habe den Wagen im Hof gesehen. Hast du sie gefunden?"

Er runzelte die Stirn, als er Juliens nasse Kleidung bemerkte.

„Wo ist die *Wahrheit*?"

Julien erhob sich und begann, sein Hemd aufzuknöpfen.

„Sei unbesorgt. Ich habe die Frau gefunden. Sie wird mich heute Abend zum Stein führen. Aber es war knapp. Der Wanderer hatte schon seine Finger nach ihr ausgestreckt."

Achtlos warf er das Hemd auf den Sessel und verschränkte die Arme vor der Brust. Die alte Narbe an seiner Seite nahm er schon lange nicht mehr wahr.

„Woher konnte er von Fay wissen?", fragte Julien und sah Lamar nachdenklich an.

Der hob die Augenbrauen und grinste.

„Fay?", fragte er mit spöttischem Unterton. „Seid ihr schon per Du? Ist sie etwa so schön wie ihr Haar rot? Oder warum hast du die *Wahrheit* nicht sofort in deinen Besitz gebracht?"

„Sie hat den Rubin in einer Wäscherei versteckt. Ihn jetzt zu holen, wäre nicht sicher. Ich will weder sie noch ihre Schwester, die dort ist, unnötig in Gefahr bringen."

Lamar strich sich über den Bart.

„Du warst schon immer zu sehr darauf bedacht, niemandem zu schaden, Juls. Was, wenn sie mit der *Wahrheit* verschwindet, während du hier auf den Abend wartest? Die Sicherheit einer Person gegen die Sicherheit der Menschheit?"

Julien schüttelte den Kopf.

„Sie verschwindet nicht. Genau genommen macht sie sich nebenan gerade etwas frisch."

Überrascht wandte sich Lamar zur Verbindungstür um und grinste.

„Du hast sie hergebracht? Lass sehen."

„Lamar! Sie ist mein Gast! Du wirst nicht dort hineingehen, während sie duscht."

Lamar grinste noch breiter.

„Aber zu warten, bis sie nicht mehr duscht, würde doch nur halb so viel Spaß bedeuten."

„Ich warne dich! Du hast Tausende von Frauen nackt gesehen – du wirst auf diese eine verzichten können."

Laut lachend ließ sich Lamar auf das Sofa fallen und bewarf Julien mit einem Kissen. Der fing es ab, ehe es ihm gegen den Kopf flog.

„Ich weiß", gab Lamar grinsend zu. „Einerseits ist es fast schon langweilig, andererseits kann ich dem Reiz so schwer widerstehen, herauszufinden, ob es unter all den Weibern nicht doch eine gibt, die … die es vermag, mich länger als ein paar Wochen zu interessieren."

Er deutete zur Tür.

„Wer weiß, Juls, vielleicht ist sie es?"

Julien wandte sich ab und trat ans Fenster. Lamar sollte nicht bemerken, dass ihn seine Worte wütend machten.

„Vertrau mir einfach, Bruder. Sie ist nicht die Eine für dich."

„Höre ich da Eifersucht? Willst du sie für dich, Juls?", stichelte Lamar, und Julien sah ihn böse an.

„Unsinn! Ich will den Stein und nichts weiter. Aber sie hat es nicht leicht: Der Wanderer war hinter ihr her, und es ist nicht an uns, es ihr noch schwerer zu machen."

Wieder lachte Lamar, und seine eisblauen Augen funkelten amüsiert.

„Wenn sie es so schwer hat, dann lass sie doch ein wenig Trost in meinem Bett finden."

„Tut mir leid, aber dein Bett wird heute kalt bleiben müssen. Ich brauche dich, um ein Auge auf ihre Schwester zu haben", wies ihn Julien an, kritzelte die Adresse auf einen Zettel und reichte ihn seinem Freund. Der stemmte sich aus dem Polster hoch und schlenderte gut gelaunt zur

Tür.

„Nun, vielleicht habe ich bei der Schwester mehr Glück. Du weißt doch, Juls, mein Bett bleibt nur selten kalt, denn ich habe immer mehrere Eisen im Feuer. Aber du …"

Er sah ihn mitleidig an.

„… dein Bett ist so kalt, dass dein Schwanz schon vor Kälte ganz steif sein muss."

Die Tür schloss sich hinter Lamar, aber sein Gelächter war noch gut zu hören. Mit einem Fluch auf den Lippen und einem nicht weniger wütenden Blick auf die Verbindungstür stieg Julien aus seiner nassen Hose.

Dies war nicht die richtige Zeit, sich von schönen Frauen ablenken zu lassen. Es stand zu viel auf dem Spiel.

Aber, als hätte Lamar mit seinen Worten Salz in eine Wunde gestreut, brannte sich nun die Vorstellung von Fay, die nur wenige Schritte entfernt nackt unter einem Strahl heißen Wassers stand, in sein Gehirn.

Julien biss die Zähne zusammen. Nun, zumindest hatte die Kälte nichts mit seiner plötzlichen Härte zu tun, dachte er und zog wütend eine trockene Hose über.

EIN HAUCH VON LORBEER

ROM, HEUTE

Die schnellen Schritte des Boten hallten durch die langen Gänge des Apostolischen Palastes. Kardinal Paschalis wartete bereits seit Tagen auf die Nachricht, darum rannte Alerio beinahe durch die Flure.

Er wusste nicht, wer ihm die Botschaft hatte zukommen lassen, denn sie war, wie schon zuvor, im Gästehaus, für dessen Ordnung er zu sorgen hatte, abgegeben worden, ohne dass jemand hätte sagen können, von wem. Das beunruhigte ihn, denn niemand kam ohne Genehmigung in die Vatikanstadt hinein. Und ganz sicher nicht wiederholte Male. Aber er hatte aufgehört, dem auf den Grund gehen zu wollen, denn kaum hatte ihn der erste Umschlag auf diesem Weg erreicht, war er von Kardinal Paschalis gerufen worden. Dieser hatte ihm auferlegt, höchstes Stillschweigen über die Nachrichten, deren unsichtbaren Überbringer und dessen Kontakt zu Paschalis selbst zu wahren.

Alerio schwitzte unter der Soutane, und seine Finger hinterließen feuchte Fingerabdrücke auf dem versiegelten Brief. Er war versucht gewesen, ihn gegen das Licht zu halten, um eine Ahnung davon zu bekommen, was genau er da in den Händen hielt, aber dann hatte er davon Abstand genommen. Das dicke Papier des Umschlags hätte ohnehin nichts über den Inhalt preisgegeben.

Direkt vor ihm standen zwei Wachen der Schweizer

Garde in der typisch orange-blauen Uniform neben der doppelflügeligen Tür zu Kardinal Paschalis' Arbeitszimmer. Anders, als die Gardisten, die die wenigen Eingänge zur Vatikanstadt bewachten, verzichteten sie im Herzen des Kleinstaates auf die metallenen Brustpanzer und die Hellebarde. Trotzdem fürchtete Alerio, abgewiesen zu werden, denn er kam unangemeldet.

Um einer Zurechtweisung zu entgehen, mäßigte er seine Schritte und versuchte, seinen beschleunigten Atem zu beruhigen. Um größtmögliche Wichtigkeit bemüht, streckte Alerio die Brust stolz heraus und hielt sich so gerade, wie er konnte. Verstohlen wischte er sich die schweißnassen Hände an seiner Soutane ab und umfasste die Nachricht fester.

„Ich habe eine dringliche Botschaft für Kardinal Paschalis", erklärte er beim Näherkommen, und das Nicken eines Gardisten bedeutete ihm heranzutreten.

Er klopfte fest an die Tür, sodass seine Knöchel schmerzten, aber man ihn im Raum dahinter auch hören würde. Sogleich wurde er hereingebeten. Mit demütig geneigtem Kopf trat er ein.

Der fettleibige Kardinal war tief über seine Papiere gebeugt, die vor ihm auf dem ansonsten vollkommen leeren und blank polierten Schreibtisch lagen. Die schiere Größe seines Arbeitsplatzes ließ auf tonnenschwere Verantwortung und weltverändernde Entscheidungen schließen. Wie die Male zuvor kam sich Alerio sehr unbedeutend und klein vor, als er darauf wartete, dass der Kardinal ihn mit seiner Aufmerksamkeit beehren würde.

Schließlich räusperte sich Paschalis, schnappte hörbar nach Luft und rieb sich die Brust. Endlich sah er auf, und es war, als fragte er sich, wie lange Alerio schon im Raum sein mochte. Der verneigte sich und betete, dass Gott den

Kelch an ihm vorübergehen lassen möge, den Kardinal zu beatmen, sollte seine Lunge unter dem ganzen Fett zusammenbrechen.

„Eminenz", grüßte er freundlich und hob den Umschlag. Er wollte so schnell wie möglich zurück in sein Gästehaus. Sollten doch die Gardisten den Retter spielen – das war schließlich deren Aufgabe.

Aber Alerio war umsonst besorgt gewesen. Als der Kardinal den Brief sah, kam Leben in seine massige Gestalt, und sein Blick verfinsterte sich.

„Das wurde ja auch Zeit! Wann kam er an? Ich will Euch raten, mir immer unverzüglich Meldung zu machen, wenn Euch eine Nachricht erreicht", fuhr er ihn an.

„Selbstverständlich, Eminenz. Sogleich, als ich die Nachricht fand, bin ich hierhergekommen. Ich bin gerannt, Eure Eminenz", erklärte Alerio und reichte die geheimnisvolle Botschaft weiter.

Der Kardinal riss ihm den Umschlag beinahe aus der Hand und scheuchte ihn dann mit einer hektischen Bewegung fort.

„Nun geht, und wenn Ihr weitere Briefe erhaltet, bringt sie unverzüglich her, ohne auch nur ein Wort darüber zu verlieren. Habt Ihr verstanden?"

„Ja, Eminenz. Natürlich, Eminenz. Wie Ihr wünscht."

„Ihr vergeudet meine Zeit! Geht jetzt!"

Alerio verbeugte sich und beeilte sich hinauszukommen. Fast so schnell, wie er hierhergekommen war, floh er nun zurück in sein Reich. Er wusste zwar nicht, was in dem Umschlag sein mochte, aber allein die Tatsache, dass es diesen gab, hatte den Kardinal sichtlich aufgeregt. Alerio bekreuzigte sich und begann leise, das Ave Maria zu beten. In was wurde er da nur hineingezogen?

Kardinal Paschalis hielt den Umschlag in seinen Händen und atmete tief ein. Die Lunge stach ihm, aber er wusste, der Schmerz kam aus seinem Rücken. Sein Gewicht lastete schwer auf seinen Wirbeln, und er hatte seit Jahren Probleme. Er versuchte, die Schultern zu kreisen, zuckte zusammen und beschloss, dass er noch heute einen Arzt aufsuchen musste. Wenn doch nur dieser Brief gute Nachrichten enthalten würde!

Als handele es sich um eine Briefbombe, schob er den Umschlag weit von sich und sah auf das kalligraphisch verschnörkelte Symbol. Der Duft von Lorbeer entstieg dem Papier, und Paschalis brauchte nicht mehr, um zu wissen, wer ihm dies sandte. Aber war der Auftrag erfüllt? Oder hatten die Hüter der *Wahrheit* erneut einen Sieg errungen? Er musste den Umschlag öffnen, um es herauszufinden, aber er wagte es kaum. Allein das Wissen, welcher Teufel die Nachricht verfasst hatte, ließ ihn zögern.

Er hatte tief in die Taschen der Kirche gegriffen, um den unberechenbaren Krieger für sich zu gewinnen, aber hielt er auch, was der Kardinal sich erhofft hatte?

Ängstlich brach Paschalis das Siegel. Mit zitternden Händen faltete er das einzelne Blatt auseinander. Seine Zähne gruben sich in seine Lippe, als er die wenigen Zeilen überflog. Sein Blick war leer, als er endete, und beinahe kraftlos entglitt das Papier seinen Fingern. Nur der Lorbeergeruch stieg ihm noch in die Nase und machte Paschalis sein Versagen deutlich.

„Was führt diese Schweinehirten nach Paris?", überlegte er und fuhr sich über die glänzende Stirn.

Diese Wendung war unerwartet, aber er beschäftigte sich schon zu lange mit der Bedrohung, die von dieser Gruppe von Männern ausging, als dass er dem Umstand ihrer Anwesenheit in Frankreich keinerlei Bedeutung beimessen würde.

„Warum habt ihr Irland verlassen?", murmelte er und tippte mit dem Finger auf die glänzende Tischplatte. Noch einmal las er die Mitteilung. Nun, zumindest hatte sein Krieger ihre Spur nicht wieder verloren.

Es war einfach unfassbar, dass das Fundament der Katholischen Kirche, des Glaubens von Millionen von Menschen, in den Händen einer Gruppe von Männern liegen sollte, deren Absichten sich ihm verschlossen.

Wie eine tickende Zeitbombe, dachte Paschalis. Eine Zeitbombe, die er zu entschärfen gedachte.

Seine bisher beste Waffe gegen die Horde selbst ernannter Hüter eines Wissens, das, sollte es je an die Öffentlichkeit dringen, einen Glaubenskrieg auslösen könnte, war ein einziger Mann. Ein Mann, dem der Kardinal nicht weiter traute, als er spucken konnte.

Paschalis massierte seine Brust. Die Sorge hatte seine Schmerzen verstärkt. Gerade in Zeiten wie diesen, in denen sich eine Nachricht innerhalb weniger Minuten einmal um den ganzen Erdball ausbreitete, war die Bedrohung größer denn je, fürchtete er.

Ein Beweis gegen die scheinbare Göttlichkeit von Jesus Christus würde einen Glaubenskrieg ungeahnten Ausmaßes hervorrufen. Einen Krieg, der das Ende der Kirche bedeutete, für die er ein Leben lang geackert hatte.

GLAUBE UND LÜGE

---◆---

JERUSALEM, 1099

Es gibt keinen Beweis, Juls! Du vertraust einem Mann, der unser Feind ist. Versteh mich nicht falsch, mein Freund, ich folge dir blind, das weißt du. Aber wie soll ich das mit meiner Überzeugung vereinbaren?", fragte Gabriel und holte das goldene Kreuz hervor, das er an einer Kette unter dem Hemd trug.

Zustimmendes Nicken entfachte die Diskussion.

„Genau. Warum ist er nicht selbst unsterblich, wenn er im Besitz einer solchen Macht ist, wie er behauptet?", fragte Louis und sah Said vorwurfsvoll an. Er glaubte ihm offensichtlich kein Wort.

„Das stimmt, Julien. Ist nicht seine Frau gestorben? Sag mir, wer würde sein eigenes Weib jämmerlich krepieren lassen, wenn es nur einen Tropfen dieses angeblichen Wundermittels bräuchte, um sie zu retten?", schloss sich Cruz den Zweiflern an.

„Was muss man tun, um unsterblich zu werden? Es trinken, sich seine müden Knochen damit einreiben? Dann los, gib es mir, denn mich plagen schon seit Monaten Zweifel, ob ich diesen Kriegszug überlebe. Das wäre dann ja damit geklärt!", rief Arnulf und lachte laut.

Cecil gluckste aufgeregt und knetete sein bunt gemustertes Nachtgewand mit seiner einen Hand. „Gib es mir, gib es mir, Juls, mir musst du es geben!"

Er sprang von einem Bein auf das andere und zupfte an seinem schütteren Haar herum.

„Sieh mich an! Sieh mich an! Es bringt mir bestimmt meinen Arm zurück."

Er schüttelte Said an dessen breitem Ledergurt, der ihm über die Schulter lief, und reckte dem Heiden seinen Stumpf hin.

„Das tut es doch, oder nicht? Oder nicht?"

Julien verstand nun, warum Said ihn davor gewarnt hatte, seine Männer einzuweihen, aber so schnell gab er nicht auf. Er hielt die *Wahrheit* in Händen, und egal, was seine Waffenbrüder auch glauben mochten, er spürte um die immense Bedeutung dieses Fundes.

Auch Said schien noch nicht beunruhigt. Er drückte Cecil die gesunde Hand und erhob sich. Jeden einzelnen der Männer sah er an. Sah ihnen in die Augen und brachte sie dadurch dazu, ihn anzuhören.

„Es stimmt. Ich habe meine Frau verloren. Und glaubt nicht, ich hätte nicht alles gegeben, sie zu retten. Wäre es mir möglich gewesen, hätte ich das Elixier eingesetzt, aber dann wäre ich nicht besser gewesen, als all diejenigen, die danach suchen, um es für ihre Zwecke zu missbrauchen."

Er schritt durch den Raum, während er sprach. Der Wind hatte aufgefrischt, und eisige Wüstenwinde rissen an den Zeltplanen. Die Fackeln flackerten, und die Schatten tanzten, als hätten Saids Worte sie zum Leben erweckt.

„Ich habe bei meinem Seelenheil geschworen, im Sinne der Menschheit zu handeln und die *Wahrheit* zu verstecken. Und meine Geliebte hat das auch."

„Warum macht ihr so ein Geheimnis um diesen Unsterblichkeitstrank? Wenn es stimmt, ist das doch ein unfassbarer Fund!", fragte Louis nachdenklich.

Said nickte.

„Überlege selbst, Krieger. Gib deinem Befehlshaber dieses Elixier in die Hand. Was wird er tun? Es dem Kaiser überlassen? Oder sich selbst zum unsterblichen Kaiser ernennen? Wer will ihn aufhalten, wenn er eine Armee unsterblicher Soldaten anführt? Wer will so einem Mann auch nur einen Wunsch verwehren?"

Lamar nickte.

„Er hat recht. Krieger wie Raimund von Toulouse oder Gottfried von Bouillon, die um Ruhm und Ehre kämpfen und nach Macht und Reichtum streben, könnten gewillt sein, ihre eigenen Interessen durchzusetzen."

Lamars Augen waren immer noch blutunterlaufen, und die Prellung an seiner Augenbraue hatte sich in den letzten Stunden dunkel verfärbt. Trotzdem sah er wach aus, und sein faszinierter Blick hing an dem Rubin.

„Schön …", stimmte Gabriel zu, nickte in Lamars Richtung und sah dann Said an, „… nehmen wir also an, es stimmt, was unser *heidnischer Freund* behauptet. Und nehmen wir weiter an, auch Lamars Einschätzung von Raimund und Gottfried träfe ins Schwarze – sollte dann nicht zumindest Papst Urban II. davon erfahren? Hat nicht jeder Christ, egal, ob Priester, Kardinal oder Papst das Recht, diese vermeintliche Wahrheit über Jesus Christus zu erfahren?"

Cruz und Arjen stimmten Gabriels besonnenen Überlegungen zu, Said aber schüttelte entschieden den Kopf.

„Wenn ihr der Kirche den einzigen Beweis für ihre Lüge in die Hand gebt, was glaubt ihr, werden sie damit tun? Sie mit ihren Anhängern teilen? Zulassen, dass ihre Klöster und Abteien niedergebrannt werden? Zusehen, wie man ihnen die goldenen Kreuze aus den Kirchen nimmt und man ihre Lehren als boshafte Lügen abtut? Glaubt ihr, ein Mann wie der Papst wird seine Vormachtstellung als Gottes

Stellvertreter auf Erden aufgeben und Brötchen backen oder seinen Lebensunterhalt als Färber verdienen wollen?"

Said sah Julien an. Sein Blick war fest und entschlossen.

„Die Kirche, Christ, ist noch viel gefährlicher, als ein einzelner machthungriger Befehlshaber. Sie wird das Elixier vernichten, jeden Beweis vertuschen und jeden kleinsten Zweifel an ihren Lehren ausräumen."

Er sah in die Gesichter der Männer, deren Aufmerksamkeit er nun hatte.

„Warum glaubt ihr, sollt ihr Jerusalem zurückerobern? Das Wissen um die *Wahrheit* dringt wie Nebel seit Jahrtausenden durch die Welt. Es gab – und wird auch immer Menschen geben, die davon wissen, aber ebenso wird es immer welche geben, die dies vertuschen wollen."

Julien reichte dem Heiden einen Kelch Wein, und niemand erhob dagegen Einspruch, ihn somit in ihrer Mitte zu begrüßen. Said trank dankbar und fuhr fort:

„Josef von Arimathäa war nicht der Erste, der das Elixier in seinem Besitz hatte. Und die Folgen seines Handelns sind weitreichend. Es kann in den falschen Händen die Weltordnung zerstören. Vielleicht ist es das einzig wahre Göttliche auf dieser Welt. Jemand muss es schützen."

„Warum weihst du gerade uns in dein Geheimnis ein? Wir sind Christen und dein Feind. Warum nimmst du dein Wissen nicht mit ins Grab?", wollte Cruz wissen, und seine dichten Augenbrauen waren zusammengezogen.

Said sah zu Boden.

„Ihr seid nicht meine Feinde. Krieger eures Glaubens seid ihr. Dass euer Glaube auf einer Lüge fußt, wusstet ihr bis heute nicht, also kann ich euch dies nicht vorwerfen. Den Tod fürchte ich nicht, nur kann ich nicht riskieren, dass die Wahrheit in Vergessenheit gerät oder von den falschen Menschen ans Licht gebracht wird. Wie ihr selbst seht, ist es schwer, zu entscheiden, was im Sinne der Menschheit zu tun wäre. Helft ihr mir?"

Die Männer sahen Julien an, und auch in dessen Kopf drehten sich die Gedanken im Kreis. Sein Verstand leugnete das Gehörte, aber sein Gefühl vertraute den Worten des dunkelhäutigen Fremden. Nur das Schlagen der Zeltplanen war zu hören. Jeder versuchte, die Informationen mit seiner Überzeugung in Einklang zu bringen, aber es gab einfach zu viele Fragen. Auch Julien vermochte zu keinem Ergebnis zu kommen.

„Es fehlt immer noch ein Beweis für die Kraft dieser Flüssigkeit", kam Louis zu demselben Schluss wie Julien.

Cecil hob ruckartig den Kopf.

„Wir müssen es versuchen! Ich, ich will es versuchen, Juls! Ich melde mich freiwillig!"

„Du kannst den Verrückten nicht unsterblich machen, Julien!", warnte Arnulf und zog Cecil am Nachtgewand zurück auf den Schemel.

„Wir sollten es am Heiden selbst testen. Immerhin ist es ebenso wahrscheinlich, dass sich Gift in dem Stein befindet, und er sich alles ausgedacht hat", gab Gabriel zu bedenken, aber sofort legte Lamar Einspruch ein.

„Bist du von Sinnen, Gabriel? Diesen morgenländischen Hurenbock willst du unsterblich machen? Dass er uns anschließend alle umbringt? Niemals! Und Cecil scheidet ebenfalls aus!"

Arjen trat schweigend in die Mitte. Das Fackellicht schimmerte in seinem goldenen Haar. Er war ein stiller Gefährte, dem man die Wahl zwischen Priestertum und Kreuzzug gelassen hatte. Er war ein hervorragender Kämpfer, obwohl er nur die Hälfte des Körpergewichts mitbrachte wie Juliens restliche Männer. Doch nicht nur sein Kampfstil war leicht und schnell, sein Geist war es ebenso.

„Überlassen wir Gott die Entscheidung", schlug er vor, legte seinen Dolch auf die Tischplatte und drehte ihn im Kreis. Doch dann stoppte er die Drehung, ehe die Waffe von selbst liegen blieb, und sah seine Freunde an.

„Er sagt, das Elixier könnte das einzig wahre Göttliche auf Erden sein. Von welchem Gott wir auch immer sprechen, womöglich vermag er die beste Wahl zu treffen."

„Von welchem Gott auch immer, Arjen? Es gibt nur einen Gott! Mein Bruder ließ sein Leben für diesen einen Gott! Wie könnt ihr nur daran zweifeln?", rief Matteo zornig.

„Dann vertraue ihm, Junge. Baue darauf, dass es sein Wille war, der uns hierhergeführt hat. Vertraue ihm, uns den rechten Weg zu weisen", versuchte Arjen, den Jüngsten zu beruhigen. Als dieser nickte, rückten die Männer zusammen und stellten sich zögernd um den Tisch auf. Arjen reichte Julien den Dolch, den dieser schwungvoll auf dem Tisch kreiseln ließ.

Alle Augen waren auf die glänzende Klinge geheftet, und keiner wagte zu atmen, bis mit einem leisen Klirren die Schneide zur Ruhe kam.

„Claudio? Bist du einverstanden?", fragte Julien, und wie alle anderen blickte er von der Dolchspitze zu dem Mann, auf den diese zeigte. Claudio schwieg. Er war blass unter seinem Bart und sah unsicher aus, als er schließlich nickte.

„Wenn ihr alle denkt, dass ich der Richtige bin?"

Said hatte schweigend zugesehen, erhob aber nun die Stimme.

„Ihr seid leichtfertig!", warnte er die Männer. „Überlegt, wozu ihr ihn verdammt. Unsterblichkeit mag ein Segen sein, aber ist sie nicht zugleich ein Fluch?"

Lamar schlug die Faust auf den Tisch. Seine Stimme

bebte vor Zorn, als er Said ganz nahe kam. Seine Stirn berührte fast die des Heiden, und seine Hände waren erbost zu Fäusten geballt.

„Halt dein Maul!", verlangte er. „Du und dein gottloses Gewäsch, ihr habt schon genug angerichtet! In einer Nacht aus gottesfürchtigen Männern einen Haufen Narren gemacht! Wir hätten dir die Zunge herausschneiden sollen, ehe du dein verfluchtes Maul auch nur einmal aufgemacht hast. Du willst uns für dumm verkaufen? Wird sich herausstellen, dass deine Geschichte das Märchen ist, für das ich sie halte, wenn wir es auf den Versuch ankommen lassen?"

Said wich nicht zurück, obwohl Lamar seine Hand an der Scheide seines Schwertes hatte.

„Du stehst hier und säufst unseren Wein, als wärst du einer von uns – aber das bist du nicht! Dieser Becher ist alles, was du von uns erhalten wirst. So entlohnen wir Barden, wenn sie uns eine unterhaltsame Geschichte auftischen!"

Er zog sein Schwert.

„Und du solltest besser beten, dass Claudio dies überlebt, denn damit steht und fällt auch dein Kopf."

Said hob ergeben die Hände und ließ sich von Lamar widerstandslos an den Rand des Zeltes führen.

Julien wusste, er konnte seinen Gefährten nicht davon abbringen, Said wie einen Gefangenen zu behandeln, denn genau genommen war er das auch. Aber Lamar war auch nicht Zeuge von Saids Ehre geworden oder hatte mit ihm den Geheimgang hinab zum Grab Jesu beschritten. Was sie dort erlebt hatten …

Julien schüttelte den Kopf, um die unbeschreiblichen Erlebnisse dieses Tages zu verdrängen, denn, obwohl er Said glaubte, wollte er sich doch selbst überzeugen.

„Was ist zu tun?", fragte er und wandte nichts ein, als Lamar Saids Hände in Fesseln legte. Er hoffte, die Wahrheit würde auch Lamar beschwichtigen.

Der morgenländische Krieger rückte seine ledernen Armstulpen unter den Fesseln zurecht, ehe er antwortete.

„Gebt einen Tropfen des Elixiers in seinen Mund. Es wird seine sterbliche Hülle vernichten und ihn wie aus Nebel wiederkehren lassen. So wurde es mir überliefert. Ich habe es nie gesehen und hoffte, es nie mit eigenen Augen sehen zu müssen. Lasst mich sagen: Was ihr tut, ist falsch. Niemand sollte den Rubin öffnen."

„Genug! Wir haben verstanden, was du sagst, aber es liegt nicht in deiner Hand, Heide!", maulte Lamar und bezog neben Said Stellung.

Claudio gab Julien ein Zeichen, dass er bereit war. Zum Sprechen fehlte ihm der Mut. Julien ahnte, wie sein Freund sich fühlen musste. Angst, wie vor einer Schlacht, hatte vermutlich von ihm Besitz ergriffen und ließ sein Herz schneller schlagen. Wie gerne hätte Julien ihm Mut gemacht. Gesagt, dass sie ihm wie immer Rückendeckung geben würden, ihm versichert, dass er alles heil überstehen würde, aber das konnte er nicht. Vorsichtig öffnete er den Verschluss des Rubins und goss einen Tropfen auf Claudios blutleere Lippen.

Eine Lange Nacht

Paris, Heute

Fay hatte ein schlechtes Gewissen. Trotz der merkwürdigen Umstände, trotz der Bedrohung durch den Wanderer und der Sorge um ihre Schwester genoss sie den Wasserfallstrahl auf ihren Schultern und das parfümierte Duschgel auf ihrer Haut.

Fay lehnte ihren Kopf in den Nacken. Heiß wusch das Wasser in diesem Moment ihre Sorgen beiseite, und das Bild des Mannes, der sie hierhergebracht hatte, stand ihr vor Augen.

Sie hatte ja wirklich schon viele Männer gesehen. Mehr, als ihr lieb war, aber noch nie hatte sie es mit so einem Kerl zu tun gehabt. Er war rätselhaft. Und auf seine bescheidene, zurückhaltende Art so viel männlicher, als all die Prahler und Blender, denen sie täglich begegnete. Und er sah so gut aus, dass sie sich unwillkürlich fragte, ob er eine Freundin hatte. Natürlich! Männer wie er hatten garantiert eine wunderschöne, gebildete Frau und reizende Kinder. Darum zeigte er auch kein Interesse an einer kleinen, verwahrlosten Stripperin wie ihr. Oder, er war Besseres gewöhnt. Immerhin schien er ein echter Geldsack zu sein, wenn man den Wagen und das Schloss bedachte.

Aber warum hatte er sie dann eingeladen, mit ihm zu essen? Reine Höflichkeit? Verärgert über ihre eigenen Gedanken drehte sie das Wasser ab und wickelte sich in das weichste Handtuch, das je ihren Körper berührt hatte.

„Gewöhn dich lieber nicht daran", ermahnte sie sich und schmiegte ihre Wange an das Badetuch. Es duftete nach Jasmin und schien ihre Haut regelrecht zu liebkosen. Ihr war danach zu schnurren wie ein Kätzchen, dem man den Bauch kraulte.

Ihre nassen Füße hinterließen Abdrücke auf dem dicken Teppich, als sie zurück in das Schlafzimmer ging und sich etwas ratlos umsah. Mit spitzen Fingern hob sie ihre durchweichten Klamotten auf. Die waren eisig, und sie konnte sich nicht überwinden, sie wieder anzuziehen. Kurzerhand öffnete sie Schränke und Schubladen, aber alles war leer.

„Na super!", murmelte sie und starrte wütend auf die Verbindungstür.

Obwohl sie sich Nacht für Nacht vor Männern auszog, wollte sie nicht, dass Julien sie unbekleidet sah. Sie wollte nicht, dass er sie mit dem gleichen gierigen Blick bedachte wie die Kunden in der Bar. Darum wickelte sie sich das Handtuch straff um die Brust, steckte das Ende unter ihrer Achsel fest und hoffte, dass alles hielt, ehe sie sich der Tür näherte. Die Fliesen unter ihren Füßen waren kalt, als sie unentschlossen mitten im Raum stehen blieb. Sie zögerte. Was war nur los mit ihr, dass der Mann auf der anderen Seite der Tür sie so verunsicherte?

Schnell klopfte sie, ehe sie es sich noch anders überlegen konnte.

———————◆———————

Julien knöpfte sich gerade die Hose zu, als es zaghaft an der Verbindungstür klopfte.

„Verflucht!", murmelte er und sah auf die Schwellung in

seiner Hose. Schnell riss er ein Hemd aus dem Schrank, schlüpfte hinein und schloss eiligst die unteren zwei Knöpfe, um das Resultat von Lamars anzüglicher Rede zu verbergen.

Um Gelassenheit bemüht – die er nicht wirklich empfand – öffnete er die Tür. Verlegen bemerkte er, dass Fay in ihrem weißen Badetuch und mit Wasserperlen auf ihrer alabasterweißen Haut sein Problem mit der plötzlich zu engen Hose noch verstärkte.

„Fay? Ist alles in Ordnung?", fragte er, von ihrem Anblick überrascht.

Die zarte Röte auf ihren Wangen war bezaubernd, und, obwohl ihr im trockenen Zustand feuerrot leuchtendes Haar nun vom Wasser satt und dunkel aussah, war sie ihm nie schöner erschienen. Zum ersten Mal, seit er ihr im Park begegnet war, ließ er den Blick ausgiebig über ihren Körper wandern, und war wirklich froh um die langen Hemdschöße.

Sie lächelte schüchtern und hielt ihm ihr nasses Sweatshirt hin.

„Entschuldige, Julien, aber … kannst du mir was Trockenes borgen?"

„Ich …"

Julien trat einen Schritt zurück und fuhr sich durchs Haar.

„Was hast du gesagt? Entschuldige … ich …"

Fay errötete noch weiter und verschränkte zudem die Arme vor der Brust.

„Trockene Klamotten? Kannst du mir welche geben?"

„Natürlich. Komm herein."

Er bedeutete ihr einzutreten und hoffte, sich nicht noch mehr zum Narren zu machen.

Vielleicht sollte ich es doch gelegentlich so handhaben wie Lamar

und der Rest der Bande und mir zwischendurch eine Frau nehmen.
Dann wäre mir diese Peinlichkeit erspart geblieben.

Diesen Gedanken verwarf er schnell wieder, denn es verlangte ihn nicht nach bedeutungslosem Sex, und mehr konnte sich keiner von ihnen erlauben. Sie führten ein verborgenes Leben, das sie einzig und allein der *Wahrheit* gewidmet hatten. Wann immer er es nicht mehr ausgehalten und eine Nacht in den Armen irgendeiner Fremden verbracht hatte, war ihm nur umso mehr bewusst geworden, auf was er seit beinahe tausend Jahren gezwungen war zu verzichten. Er sehnte sich nach Liebe, nicht nach reiner Befriedigung.

Nur war dies seiner pochenden Männlichkeit relativ egal. Es war einfach zu lange her, dass er sich eine Nacht lang der Bedeutungslosigkeit überlassen hatte.

Er ging ihr voran zum Schrank und suchte in seinen Shirts nach etwas Passendem.

„Du hast mich angestarrt", sagte sie leise. Es war kein Vorwurf, sondern eine Feststellung.

Julien stöhnte innerlich. Natürlich hatte sie seinen Blick bemerkt! Sie war ja nicht blind!

„Ich … war überrascht, dich nur in … einem Badetuch zu sehen. Verzeih mir."

Er hörte das Sofa knarren, und, ohne sich nach ihr umzudrehen, wusste er, sie hatte sich gesetzt. In seinem Geist sah er das Handtuch, welches nun sicher bis auf ihren Oberschenkel hinaufgerutscht war, und wie sich ihr Haar auf den goldenen Satin ergoss. Julien biss die Zähne zusammen und zählte bis drei. Was war nur los? Selbst nach den Frauen, mit denen er gelegentlich schlief, verlangte es ihn nicht in dieser Art.

„Ich verzeihe dir, wenn du mir sagst, warum der Stein so wichtig für dich ist. Du bist reich, oder nicht?"

Julien hatte gefunden, wonach er gesucht hatte. Ein Shirt, das er nicht oft trug, weil es ihm an den Schultern etwas eng war. Seine Hosen würden ihr jedoch keinesfalls passen.

„Hier, das sollte gehen."

Er reichte es ihr, sehr darauf bemüht, ihr nur ins Gesicht zu sehen, was sie wohl ebenfalls bemerkte. Sie grinste.

„Du bist reich", stellte sie noch einmal fest, „und ich ziehe mich für Geld aus. Was denkst du, Julien … wollen wir aus diesem vielversprechenden Ansatz etwas machen?"

Sie griff nicht nach dem Shirt, sondern sah ihn verführerisch an.

Julien schluckte. Nun ließ er seinen Blick über das Handtuch und die darunter verborgenen Rundungen wandern. Ihre bloßen Schenkel waren noch feucht von der Dusche, und ihre Haut verströmte einen Hauch von Vanille. Er war versucht, seine Hände in ihr Haar zu graben und ihren Kopf zu einem tiefen Kuss nach hinten zu beugen, aber er blieb eisern.

„Der Ansatz …", er ließ seinen Blick deutlich zu ihrem Brustansatz gleiten, „… der Ansatz ist in der Tat vielversprechend, Fay. Und wenn du dich für mich ausziehen würdest, könnte ich zwar deine Taschen füllen – aber am Ende wäre dein Blick leer."

———◆———

Fay zuckte mit den Schultern. Es war doch egal, dachte sie, was aus ihrem Blick werden würde! Sie war wütend auf sich selbst! Seit sie gezögert hatte, an seine Tür zu klopfen, wusste sie, dass dieser Mann einer von denen war, die gefährlich für sie waren. Ein Mann, der besser als der Rest war. Zu gut für sie. Solche Männer kamen für gewöhnlich, stahlen sich in das Herz einer Frau und hinterließen am Ende nur Trümmer. In ihrem Job sah sie ständig bemitleidenswerte Weiber, die auf Liebe gehofft hatten und dumm genug gewesen waren, dem goldenen Schein zu verfallen, den ein schöner Mann versprach. Sie wollte so nicht enden!

Sie hatte geglaubt, sie könnte sich selbst schützen, indem sie sich bewies, dass er eben nicht besser war als andere. Ihn herauszufordern, hatte sie gedacht, würde dieses unwillkommene Flattern in ihrem Magen mit Ekel überdecken und sich vielleicht wenigstens auszahlen, denn immerhin schien Julien im Geld zu schwimmen. Einer Stripperin konnte doch fast nichts Besseres passieren – wenn sie nicht zufällig einen gigantischen Rubin in ihre Finger bekam.

Nur war ihr glorreicher Plan dabei, nach hinten loszugehen. Was bedeutete es, wenn er sie zurückwies? War er dann nicht doch besser, als sie dachte? Fays Lippe zitterte, als sie sich in Erinnerung rief, dass Männer in ihr nicht mehr als wackelnde Brüste sahen. Sie war eine Träumerin, wenn sie etwas anderes annahm. Und dass er kein Interesse an ihr zeigte, musste ihn noch lange nicht zum Heiligen machen, sondern konnte auch einfach bedeuten, dass sie ihm nicht gefiel.

Irgendwie machte sie dieser Gedanke traurig, und sie vergrub sich hinter ihrem Schutzschild. Als Stripperin hatte sie schnell gelernt, sich so etwas zuzulegen. Sie wollte nicht das Herz eines Mannes, sondern seine Kohle. Warum hatte sie das vergessen, seit Julien sie im Park in seine Arme genommen hatte? Es musste der Moment der Schwäche gewesen sein, der sie verwirrt hatte, aber das war nun vorbei!

„Mein Blick, Julien?", fragte sie und kam vom Sofa hoch.

Sie war ihm nahe. Roch seine Haut unter dem halb geöffneten Hemd und sah die Stoppeln auf seinem Kinn.

„Lass uns über deinen Blick sprechen. Ich sehe Hunger in deinen Augen. Und selbst auferlegte Zurückhaltung. Warum, Julien?"

Sie schüttelte ihr Haar aus, und Wassertropfen liefen ihr über den Hals, das Schlüsselbein, bis zwischen ihre Brüste.

„Warum willst du mir vormachen, du wärst nicht genau wie alle anderen? Du bringst mich hierher, weil ich dir den Rubin geben soll. Nur, was habe ich davon, Julien? Du machst dir Gedanken um meinen Blick? Das ist lächerlich, Süßer. Seit Jahren ist er leer, genau wie mein Magen und meine Taschen."

Sie fasste nach dem Handtuch, um es zu lösen. Wollte sehen, ob er auch dann noch so gleichgültig war, wenn er sah, was sie ihm zu bieten hatte, aber Julien kam ihr zuvor. Er zog sie an sich, sodass ihre Hände zwischen ihren Körpern eingeklemmt waren, und das Handtuch nicht rutschen konnte.

„Ich habe dich hierhergebracht, um dich zu schützen, Fay. Und das werde ich tun. Dann wirst du mir den Stein zurückgeben, und ich sorge dafür, dass dir keiner meiner Feinde mehr zu nahe kommt. Aber ich bin nicht an deinen Reizen interessiert!"

Das war so demütigend. Fay fühlte sich mieser, als in der Gewalt des Wanderers. Sie drängte die Tränen zurück.

„Du lügst! Dein Schwanz ist steinhart, also sind dir meine Reize wohl doch nicht egal!"

Sie spürte, wie er zurückwich, aber es sich anders überlegte, als ihr Handtuch zu rutschen begann. Schnell zog er sie wieder an sich.

„Du bist eine sehr schöne Frau, Fay. Ich müsste blind sein, um nicht auf dich zu reagieren, besonders da du so

…"

Er sah zwischen ihnen hinab, und die milchweißen Hügel ihrer Brüste pressten sich an seine Haut. Das Handtuch verdeckte kaum noch etwas.

„… so wenig trägst. Aber ich verwehre mir schon sehr viel länger Dinge, die ich sehr viel mehr begehre als den Blick auf eine nackte Frau. Mich zurückzunehmen, liegt in meiner Natur, Fay. Ich denke mit meinem Kopf, nicht mit meinem Schwanz."

„Und was genau denkt dein Kopf, wenn du mich ansiehst?", verlangte Fay trotzig zu wissen und riss sich los. Sie trat einen Schritt zurück, und das Handtuch sank zu Boden.

Julien sah ihr aber nur in die Augen.

„Ich denke, dass du keinen weiteren Mann brauchst, der sich an deinem Anblick ergötzt. Du brauchst vielmehr jemanden, der dir zeigt, dass du es wert bist, mit Respekt behandelt zu werden."

Damit reichte er ihr das Shirt, und diesmal nahm sie es und bedeckte damit ihre Nacktheit.

Lamar pfiff ein altes Soldatenlied durch die Zähne, als er hinunter in die Halle ging. Juliens Reaktion auf seine Späße in Bezug auf die Rothaarige amüsierte ihn.

Sie alle waren seit unzähligen Jahrhunderten Freunde. Sie konnten beinahe gegenseitig ihre Gedanken lesen und wussten jede Regung und jeden Ausdruck in den Gesichtern der anderen zu deuten. Und wenn er gerade eines in Juliens Augen gesehen hatte, dann, dass er scharf auf sie war. Dabei verurteilte Julien doch allzu oft seine Männer, weil sie sich nicht dieselbe Zurückhaltung auferlegten wie er selbst.

Arjen, Cruz und Louis standen über eine alte Landkarte von Paris gebeugt und verglichen diese mit einer aktuellen Karte auf dem Laptop vor sich. Sie wirkten angespannt, hoben aber fragend den Kopf, als sie Lamars gute Laune bemerkten.

„Was ist los?", fragte Cruz sichtlich überrascht. „Dafür, dass wir einen Bruder verloren haben, bist du ja wirklich gut gelaunt."

Lamar trat zu ihnen an den Tisch und warf einen kurzen Blick auf die Karte.

„Wir alle haben Gabriel geliebt. Nur werdet ihr nicht erwarten, dass ich meine Trauer mit euch teile, oder?"

„Nein, keine Sorge. Wir kennen dich ja nicht erst seit gestern. Das Eis um dein Herz ist dicker als das der schmelzenden Pole", stichelte Louis und erntete dafür von Arjen einen bösen Blick.

„Lass ihn! Er geht eben auf seine Art damit um."

Lamar lachte.

„Gut erkannt!", stimmte er seinem blonden Freund zu und studierte den Monitor, als wäre damit alles gesagt.

„Was macht ihr da?"

„Wir versuchen, Gabriels letzte Schritte zu rekonstruieren. Die *Wahrheit* ist noch immer da draußen, und wir sind ihr kein bisschen näher gekommen", erklärte Louis.

Lamar runzelte erstaunt die Stirn.

„Hat Juls nicht mit euch gesprochen? Er hat die Frau mit den roten Haaren gefunden. Sie wird ihm den Stein zurückgeben."

„Hast du ihn gesehen?", fragte Arjen verwirrt.

„Ja, gerade eben. Er ist hier – und die Frau auch. Aber anscheinend gab es Ärger mit dem Wanderer, und es dauert noch, bis Julien wieder an den Rubin kommt. Er bat mich, ein Auge auf die Schwester der Rothaarigen zu haben."

„Warum hat er uns nichts davon gesagt?"

„Vielleicht, Arjen … und nun sind wir wieder bei meiner guten Laune … vielleicht will er ja einfach nicht gestört werden."

„Wobei?"

„Mensch, Leute! Unser Juls steht unter gewaltigem Druck, wenn ihr versteht, was ich meine, und das Mädel duscht gerade. – Was glaubt ihr wohl, was zwischen den beiden noch läuft?"

„Ihr irrt euch, wenn ihr meint, ich bin so verdorben, wie Lamar mich hinstellen möchte", unterbrach einen Moment später Julien Lamars Gelächter und stützte seine Arme auf die Tischplatte. Niemand hatte sein Kommen bemerkt.

„Fay – so heißt sie – ist im Besitz des Rubins. Sehr viel mehr weiß ich nicht – wir hatten noch keine Zeit, uns richtig zu unterhalten. Logischerweise misstraut sie mir. Nun, eigentlich misstraut sie wohl allen Menschen. Ein Grund mehr, wie ich finde, sie besonders zu schützen. Ich will behutsam vorgehen, denn sie hat mit der Sache nichts zu tun. Darum brauche ich auch jemanden in der Stadt, der unauffällig ein Auge auf ihre Schwester Chloé hat."

Er sah in die Gesichter seiner Männer. „Ich treffe euch um zehn bei der Adresse", sagte er und wandte sich an Arjen. „Wie schnell können wir Paris verlassen, wenn wir die *Wahrheit* zurückhaben?"

Der runzelte die Stirn und trat an den majestätischen Kamin. Er schob das Gemälde darüber beiseite und tippte eine Zahlenkombination in das Schloss des Tresors, der dahinter verborgen war.

Das schwere Metall öffnete sich mit einem leisen Klacken. Arjen entnahm einen Stapel Umschläge und kam damit zurück an den Tisch.

„Alles, was wir brauchen, um sofort aufzubrechen."

Er reichte jedem einen Umschlag.

„Ausweis, Flugticket nach Irland ... oder alternativ nach Mailand und neue Kreditkarten."

Julien öffnete seinen Umschlag und kniff die Lippen zusammen.

„Wirklich?", fragte er und sah in die grinsenden Gesichter seiner Männer. „Hilbert Hubertus von Hilpoltsstein?", las er den Namen auf seinem neuen Reisepass, und Lamar brach in schallendes Gelächter aus.

Selbst Arjen, der ein eher ernstes Naturell besaß, konnte sich ein Grinsen nicht verkneifen, und Cruz sah schuldbewusst zu Boden.

Julien packte den Umschlag in die Innentasche seines Hemdes und ersparte sich jeden weiteren Kommentar. Das war ja nicht das erste Mal, dass ihm das passierte. Anscheinend war das schon ein Running Gag, seit sie ihre ersten Ausweise hatten fälschen müssen, um unauffällig über die Grenzen gelangen zu können.

Auf dem Weg in die Küche folgte ihm noch immer das Gelächter seiner Freunde, aber er wusste, in wenigen Augenblicken würde Lamar sich mit Unterstützung der anderen auf den Weg zu Chloé machen, und alle würden wieder mit ganzem Ernst bei der Sache sein. Gabriels Tod hatte ihnen deutlich gemacht, dass die Zeit, in der es ausgereicht hatte, die *Wahrheit* für hundert Jahre in einem irischen Kloster zu verstecken, vorüber war. Zurück in Irland würden sie beratschlagen müssen, wie sie ihre Sicherheitsvorkehrungen für die zwei Rubine, die sie schon in ihren Besitz gebracht hatten, verstärken könnten. Ihre Feinde nutzten modernste Mittel, um ihnen auf den Fersen zu bleiben.

Doch warum gelang es ihm selbst nicht, bei der Sache zu bleiben? Warum wanderten seine Gedanken immer wieder zu der Frau, die nun hoffentlich mehr am Leib trug, als vor wenigen Minuten? Seine Flucht in die Küche war wirklich nötig gewesen, denn sie so plötzlich nackt vor sich zu haben ... es hätte nicht viel mehr gebraucht, ihn die Gründe für seine Zurückhaltung vergessen zu lassen.

Himmel, er musste aufhören, an ihren wirklich verlockenden Körper zu denken, ermahnte er sich und balancierte einen Armvoll Flaschen und einen Teller mit Gebäck die Stufen in das Turmzimmer hinauf.

Fay lehnte am Fenster und rauchte. Wenigstens hatte sie sich angezogen, aber nicht so, wie er gehofft hatte. Sie hatte sein ihr viel zu großes Shirt an, welches sie, mit ihrem Gürtel um die Taille gerafft, wie ein sehr kurzes Kleid trug. Ein wirklich sehr kurzes Kleid, das gerade so über ihren Po reichte, wie Julien feststellte.

In wenigen Stunden würde er im Flieger nach Irland sitzen, beschwichtigte er sich, und diese rothaarige Füchsin hoffentlich schnell wieder vergessen. Aber bis dahin schien seine Männlichkeit andere Interessen zu verfolgen als sein Geist, denn sie drängte sich schon wieder stahlhart gegen den Stoff seiner Hose.

Dabei hatte er seine Chance auf ein romantisches Zwischenspiel vertan, denn Fay schien nicht mehr gut auf ihn zu sprechen zu sein. Sie drehte sich weder zu ihm um, als er hereinkam, noch sah ihn an, als er ihr eine Flasche Cola und einen Teller am Tisch richtete.

Die Verbindungstür zu dem Zimmer, das er ihr zur Verfügung gestellt hatte, stand weit offen, und sie hatte in seiner Abwesenheit überall ihre Kleider zum Trocknen ausgebreitet. Ihr roter Spitzen-BH hing über der Stuhllehne, und unwillkürlich stellte sich Julien ihre Brüste unter dem

Shirt vor.

Fay drehte sich um und kam zum Tisch herüber. Obwohl Julien dagegen ankämpfte, glitt sein Blick von ihrer Schulter, die der weite Halsausschnitt nicht verdeckte, hinab. Es durchfuhr ihn wie ein Blitz, als er bemerkte, wie sich die aufgerichteten Spitzen ihrer perfekten Brüste bei jedem ihrer Schritte aufreizend sanft am Shirt rieben. Es kostete ihn alle Kraft, die er aufbringen konnte, seine Augen von dieser süßen Versuchung loszureißen und das immer drängendere Pulsieren in seinen Lenden zu ignorieren. Er stöhnte innerlich und hoffte, Fay, die ihm gegenüber Platz nahm, ohne ihn anzublicken, würde von seinem Aufruhr nichts mitbekommen.

Er sah auf die Uhr und biss die Zähne zusammen. Das würde ein langer Abend werden!

DIE JAGD

H ab ich dich!", flüsterte Jade.

Der Mauszeiger blinkte über einem Antrag auf Mietzuschuss für Chloé Ledoux. Jades Zungenpiercing klackerte gegen ihre Zähne, während sie aufgeregt nach unten scrollte.

„Ha! Keiner kann sich vor mir verstecken!"

Schnell kopierte sie die entsprechenden Zeilen in ihr Mailprogramm und drückte auf Senden. Es war noch nicht zu spät! Zufrieden mit sich rollte sie ihren Stuhl zurück und verschränkte die Arme vor der Brust. Sie wollte den Respekt in den Augen ihrer Mitstreiter sehen, wenn diese ihre Mail bemerkten, und darauf musste sie nicht einmal warten. Schon erstarrte Paul und fuhr zu ihr herum. Auch Lucas und André wurden aufmerksam. Jade reckte ihnen den Mittelfinger entgegen.

„Looser! So macht man das … oder vielmehr, so macht frau das!"

Diese Kerle hatten sie vom ersten Tag an unterschätzt. Dabei hackte sie sich schon, seit sie denken konnte, in Daddys Konten.

Paul verzog verächtlich das Gesicht.

„So macht *frau* das? Pah! Eine echte Frau fickt keine Tussen!"

Lucas kicherte und zuckte die Schultern.

„Immerhin fickt sie – da ist sie dir weit voraus", ergriff er für Jade Partei und brachte sich in Deckung, als Paul versuchte, nach ihm zu treten, ohne seinen fetten Hintern aus dem Stuhl zu schwingen. Er machte ein Gesicht, als hätte er Blähungen, und Jade applaudierte Lucas für den gelungenen Konter.

„Da wir schon davon sprechen ...", mischte sich André ein und warf ihr ihr Handy zu. „Dein Lover hat dir eine SMS geschickt. Ignoriere ihn noch einmal, und ich informiere die Spitze!"

Jade sah auf das Display: „Komm ins Hotel. Jetzt."

„Woher ...", sie sah ihn mit eiskaltem Blick an. „... du hörst auf, dich in meine Angelegenheiten einzumischen, verstanden?"

André kam näher, aber Jade wich zurück.

„Du tust, was die Bruderschaft verlangt! Du tust, was ich verlange! Und wenn das bedeutet, dass du dem Bastard einen blasen musst, dann wirst du das! Hast du mich verstanden?"

Jade kochte! Dieses Arschloch! Wie konnte er es wagen, sie auszuspionieren? Und was noch schlimmer war: Jetzt blieb ihr keine Wahl, als sich mit dem Nebelmann zu treffen. Wie war es eigentlich dazu gekommen, dass anstatt ihres Vaters nun andere unfähige Kerle über sie verfügten? Da lief doch was gewaltig schief!

Jade schnappte sich ihre Jacke, ertastete den Joint in der Tasche und floh aus diesem unterirdischen Gefängnis, die Stufen hinauf in die Welt, in der alle in noch größerer Dunkelheit gefangen waren als sie. Die Wahrheit musste endlich ans Licht kommen, damit das Gleichgewicht auf diesem Planeten wiederhergestellt sein würde. Wie ihr Coming-out für sie einen Neuanfang bedeutet hatte, würde auch der Welt ein Neuanfang bevorstehen, sobald die

Lügen ein Ende fänden.

Ihre Mail war raus. Um Chloé und ihre rothaarige Schwester würde sich also jemand kümmern. Und sie? Sie musste wohl in der Zwischenzeit für Ablenkung sorgen. Angewidert von dem, was sie nun erwartete, flogen ihre Finger über das Display ihres Smartphones. „Bin gleich da!"

Die Straße war noch nass vom Regen, aber inzwischen brach die späte Abendsonne durch die grauen Wolken und veränderten damit das Stadtbild komplett. Paris war bei Regen keine Schönheit, aber mit dem Sonnenlicht erwachte das französische Straßenleben, und es war, als würde ein Pinsel neue Farbe auftragen.

Jade holte ihren Joint aus der Tasche und schlüpfte aus der Jacke. Ihr unfreiwilliger Auftrag würde ihr wenigstens diesen kurzen Moment mit sich selbst ermöglichen. Sie schlenderte die Straße in Richtung der Metro entlang und genoss die bereits tief stehende rote Sonne auf ihren Schultern. Der süße Rauch erfüllte ihren Mund und gelangte wie von selbst in ihre Lunge. Das brauchte sie, um tun zu können, was man von ihr verlangte.

Lamar war zusammen mit Cruz und Louis in die Stadt gekommen. Sie alle trugen Jeans und unauffällige Shirts, unter denen die Klingen an ihren Armen nicht zu erkennen waren. Sie vermochten auch sonst zu verbergen, dass sie aus einer längst vergangenen Zeit kamen. Sie hatten gelernt, sich anzupassen und jede Epoche, jedes Jahrhundert zu ihrem zu machen. Dabei würden sie nie zu Menschen dieser Zeit werden, denn, was sie in dieser endlosen Zeit gesehen und erlebt hatten, hatte ihr Wesen geprägt, ihren Geist und ihre Gefühle. Unsinnige Kriege, schreckliche Katastrophen und verheerende Krankheiten, die immer wieder das Antlitz Europas verändert hatten, waren auch an ihnen nicht spurlos vorübergegangen.

So vieles, über das sie im Laufe der Zeit gelacht, geweint, gegrübelt oder gestritten hatten, dass es Lamar schien, die Menschen, denen er heutzutage begegnete, wären leer im Vergleich zu der Fülle an Dingen, über die er nachdachte. Wohin das noch führen würde, mochte er sich nicht auszumalen, denn schon jetzt erschien ihm der moderne Mensch wie ein Wesen einer anderen Rasse. Die Unterschiede zwischen seinen Brüdern und dem Rest der Menschheit wurden von Jahrhundert zu Jahrhundert größer, aber die Dämmerung würde ihnen helfen, das zu verschleiern.

Louis unterbrach seine Grübeleien.

„Dort ist die Reinigung, die Julien notiert hat. Ich schlage vor, wir teilen uns auf, damit es nicht so offensichtlich ist, dass wir hier Posten beziehen."

Lamar war einverstanden.

„Gut. Cruz, du bleibst hier, ich drehe noch eine Runde, überprüfe die Straße und die Nebenstraßen. Wenn das erledigt ist, übernehme ich."

Louis strich sich über den Bart.

„Ich bleibe im Wagen, für den Fall, dass etwas passiert. Ich bin … in der Nähe."

Damit trennten sich die Männer, und nur Cruz blieb, lässig an einen Baumstamm gelehnt, zurück und tat so, als beschäftigte er sich mit seinem Handy. Dabei sah er sich unauffällig um.

Keiner schien von ihm Notiz zu nehmen. Das trockenere Wetter lockte wieder mehr Menschen auf die Straßen, und sofort lag der Singsang verschiedensprachiger Touristengruppen in der Luft. Natürlich gab es in dieser

Ecke von Paris nicht viel zu sehen, aber man kam unweigerlich hier in der Nähe vorbei, wenn man eine der Bahnlinien bei *Saint Lazare* verließ und von dort in Richtung der Sehenswürdigkeiten nahe der Seine aufbrach. Die *Madeleine*, das *Musée du Louvre* und auf der *Île de la Cité* die *Sainte Chapelle* und *Notre Dame* lagen auf einer Linie zu dieser Bahnstation.

Es war für Pariser Verhältnisse ein sehr ruhiger Abend. Der Verkehr rollte, und das Hupen hielt sich in Grenzen. Hinter den Fenstern der Reinigung konnte Cruz nichts Auffälliges erkennen. Der kleine Laden schien regelrecht zwischen den beiden größeren Gebäuden zerquetscht zu werden, und es wirkte aufgrund der schief hängenden Ladenmarkise so, als beuge sich das Haus langsam dem Druck von den Seiten.

Kurz nach acht öffnete sich die Tür der Wäscherei. Eine ältere Frau kam heraus und schloss ihren Mantel, zog sich ein durchsichtiges Plastikkopftuch über die graue Dauerwelle und sah kritisch in den Himmel. Sie schien den vereinzelten Wolken nicht ganz zu trauen. Mit einem Gruß über die Schulter verabschiedete sie sich von einem Mann, der der Besitzer zu sein schien, da dieser nun die Tür von innen abschloss.

Es dämmerte bereits, als endlich das Licht hinter den Schaufenstern erlosch. Bald würde Julien mit der Frau ankommen. Cruz versuchte, Louis und Lamar auf ihren Handys zu erreichen, aber wie immer, wenn es wichtig war, ging nur die Mailbox ran.

Schlecht gelaunt sah er sich um. Wo steckten denn alle? Seit Stunden hatte er von ihnen nichts gehört. Lamar sollte längst wieder hier sein, und Louis …

In seinem Ärger wäre ihm beinahe der Mann in der schwarzen Soutane auf der gegenüberliegenden Straßenseite entgangen. Sie waren so oft in Kämpfe und Konflikte mit der Kirche geraten, dass sein Misstrauen sofort erwachte. Cruz runzelte die Stirn. Ein Kleriker so nahe an *Notre Dame* und der *Sainte Chapelle* war an sich nicht ungewöhnlich, aber …

Er tippte nervös mit dem Fuß. Was nun? Auf dem Posten bleiben oder dem Priester nach?

Der war an der Ecke stehen geblieben und sah sich zögernd um. Schließlich bog er in die Seitenstraße ab, die zur Rückseite der Reinigung führte.

Cruz fluchte und beschloss, dass es besser wäre, sich den Gottesmann einmal genauer anzusehen.

───────◆───────

Jade sah an der Fassade des Hotels empor. Die weißen Löwen reckten ihre Köpfe in den von der untergehenden Sonne blutrot gefärbten Himmel. Sie fühlte sich, als wäre sie wie die Gladiatoren im Colosseum gezwungen, sich gleich mit bloßen Händen gegen die Raubtiere zu verteidigen. Ihr Herz hämmerte gegen diese durch die Droge verstärkte Vorstellung an. Jade leckte sich über die trockenen Lippen und versuchte, ihre zitternden Hände unter der Jacke zu verbergen. Die Überwachungskameras der Hotellobby drehten sich, und sie glaubte beinahe, André hinter seinem Monitor sitzen zu sehen, um sie auszuspionieren. Paranoia war wohl eine der Nebenwirkungen, wenn man gut darin war, in die Privatsphäre anderer einzudringen.

Wie immer, wenn sie den Nebelmann traf, ging Jade zielstrebig durch den Eingangsbereich zu den Aufzügen und fuhr hinauf in den 12. Stock. Die leise Musik auf der Etage vermochte es nicht, ihr die Aufregung zu nehmen, als sie über den dicken, jeden Schritt verschluckenden Perserteppich zu der Tür am Ende des Ganges ging. Eine kostbar aussehende Vase, gefüllt mit Dutzenden reinweißer Tigerlilien, stand unter einem beleuchteten Spiegel. Die Blüten verströmten ihren schweren Duft. Jade wurde übel davon. Sie hielt den Atem an und klopfte an die Tür, und – wie immer – wurde ihr prompt geöffnet.

Der Nebelmann hatte sie erwartet. Er hatte bereits sein Hemd ausgezogen, und eine Flasche teuren Champagners stand in einem Kühler auf dem polierten Kirschholztisch bereit. Neben dem Bett mit den goldweißen Kissen stand ein frisches Arrangement weißer Lilien, und Jade rieb sich angesichts ihres Duftes die Schläfen, versuchte sich aber tapfer an einem Lächeln.

Sie warf ihre Jacke auf den Sessel und drehte sich nach dem Mann um, der sie wie eine Hure herbestellt hatte. Im Grunde sah er sie wohl genau so.

Es war reiner Zufall gewesen, dass sie diesem Mann begegnet war. Und keinem, der sich nicht wie sie mit den selbst ernannten Hütern der Wahrheit beschäftigt hatte, wären die ungewöhnlichen Armstulpen unter dem weißen Hemd, das er damals trug, aufgefallen. Doch sie wusste sofort, dass dies etwas zu bedeuten hatte. Sie folgte ihm und musste nicht lange auf eine Gelegenheit warten, mehr über ihn herauszufinden. Er war in eine Bar ganz hier in der Nähe gegangen und hielt offensichtlich nach weiblicher Gesellschaft Ausschau. Sie zögerte nicht und setzte sich neben ihn. So waren sie wenig später zum ersten Mal in dieses Zimmer gekommen.

Nie hatte er große Worte gemacht, sondern schlicht sein Verlangen gestillt. Trotzdem war es dieser Liaison zu verdanken, dass die Bruderschaft den Nebelmännern überhaupt auf die Schliche gekommen war.

Ihr war es zu verdanken, dass ihr Netzwerk der *Wahrheit* so nah war wie nie zuvor. Ihr Einsatz war nicht umsonst.

Sie trat zu ihm und ließ ihre Hände über seine makellose Brust gleiten. Fühlte die Härte in seiner Hose, als er sie an sich zog und ihr mit einer einzigen schnellen Bewegung das Tanktop auszog. Sein Kuss war fordernd, und er spielte mit der silbernen Kugel ihres Piercings, zog ihre Zunge daran in seinen Mund und hielt sie mit den Zähnen dort fest, als er begann, ihre Brüste zu kneten.

Jade wollte es so schnell wie möglich hinter sich bringen und schob ihre Hand in den geöffneten Bund seiner Hose. Schwer lag sein Penis in ihrer Hand, als sie anfing, ihn zu streicheln. Er drängte sie an die Wand und zog ihr Hose und Slip bis auf die Knie hinunter. Seine Finger teilten ihre Scham und stießen in sie, während er sich im Rhythmus ihrer Handbewegung vor- und zurückschob. Er kniff ihr in die Brust, und Jade keuchte. Sein Daumen umkreiste ihre empfindlichste Stelle, und, auch wenn Jade die zarte Berührung einer Frau bevorzugte, schürte diese drängende, unnachgiebige Berührung beinahe schmerzhaft ihre Lust.

Seine Hose glitt zu Boden, und seine pralle Männlichkeit ragte wie die Waffe, von der Jade wusste, dass er sie irgendwo bei sich trug, empor.

„Zieh dich aus!"

Er bedeutete ihr mit einem Nicken, selbst das Gewirr ihrer Hose um ihre Knöchel loszuwerden. Sie bückte sich, und, als sie aus ihren Schuhen und den Kleidern geschlüpft war, fühlte sie seine Hände auf ihren Schultern, die mit sanftem Druck deutlich machten, was er wollte. Sie sah ihn von unten herauf an, als sie ihre Lippen um ihn schloss.

153

Das Essen verlief schweigend, aber Julien bemerkte, dass Fay ihn unter gesenkten Lidern hervor beobachtete. Sie hatte stark getuschte Wimpern, die dichte Schatten auf ihre Wangen warfen und es ihm schwer machten, ihren Blick zu deuten.

„Darf ich fragen, woher du Gabriel gekannt hast?", störte Julien ihr einvernehmliches Schweigen.

„Ich kannte ihn nicht."

Fay zuckte mit den Schultern und trank einen Schluck.

„Er kam einfach in die Bar. Die Gäste sind vor ihm zurückgewichen, weil er blutete. Zuerst dachte ich, er sucht jemanden, weil er sich so umsah, aber dann kam er direkt zu mir auf die Bühne."

Fay zögerte, aber Julien wollte sie nicht drängen.

„Er hat mich gepackt und … da war überall Nebel. Ich weiß nicht, was passiert ist. Ich kann dir nur sagen, dass er so verzweifelt aussah. Er sprach wirr und drückte mir einen ledernen Beutel in die Hand. Ich war starr vor Schreck … kann mich an kaum etwas erinnern."

„Was hat er gesagt? War jemand bei ihm? Weißt du, wer auf ihn geschossen hat?"

Julien brauchte Antworten. Er musste mehr über den schrecklichen Tod seines Freundes wissen.

„Ich weiß es nicht mehr, Julien. Das ging alles so schnell. Er sagte, du würdest mich finden, und … und mehr bekam ich nicht mit. Sein ganzes Blut … es war überall auf mir, und … und nur das bemerkte ich. Sein Blut, so warm und feucht, auf meiner Haut. Ich hatte solche Angst, ich war wie gelähmt."

Julien verspürte einen Stich, als er an Gabriel dachte, aber auch Wut, dass er keinen anderen Weg gefunden hatte, die *Wahrheit* zu schützen, ohne diese unschuldige Frau hineinzuziehen. Und – ganz tief unter dieser Wut brannte die Eifersucht, dass Gabriel seine Hände an Fay gelegt hatte. Ihr nahe gewesen war, während sie …

„Keine Sorge, Fay. Dieser Tag ist bald zu Ende, und dann wird für dich alles wieder seinen normalen Gang gehen. Du bist hier leider in etwas hineingezogen worden, aber du hast es schon fast überstanden. Das verspreche ich dir", versuchte er, sie zu beruhigen.

Fay sah ihn an. Traurig.

„Hör zu, Julien. Ich brauche das nicht. Spar dir deine Erklärungen. Ich hab etwas, das dir gehört – und gebe es dir zurück. Mach dir keine Gedanken, dass das, was mir seit gestern passiert ist, schlimmer wäre, als all die Dinge, mit denen ich mich sonst so herumschlagen muss."

Sie steckte sich ein Stück Croissant in den Mund und kaute, während sie mit emotionsloser Stimme weitersprach.

„An einem richtig schlechten Tag – wie heute, schiebt mir also ein Kerl seine Pistole ins Höschen, an einem weniger schlechten Tag einen Zehner. Gute Tage … kenne ich nicht."

Julien sah in das feine Gesicht vor sich. Sie war so schön, auf ihre verschlossene Weise, aber eben nur ein grauer Schatten der Frau, die sie unter anderen Umständen sein könnte. Wenn er sie doch nur beschützen könnte … aber das war nicht möglich. Sie war nur ein Staubkorn in dem Universum, für dessen Sicherheit er zu sorgen geschworen hatte. Ein wunderschönes, rot glänzendes Staubkorn …

„Habe ich dir mit meinen Problemchen den Appetit verdorben?", fragte sie, da Julien, ganz in seine Gedanken versunken, aufgehört hatte zu essen.

Sie sah ihn herausfordernd an und schob sich ein weiteres Stück in den Mund. Dabei leckte sie verführerisch ihren Finger ab.

Julien grinste. Er war froh, das Thema vorerst zu

wechseln.

„Tatsächlich hat mir die *Wahrheit* schon so manches Mal den Appetit verdorben."

Er biss ins Croissant. „Aber da du vorhin *Hunger* in meinen Augen gesehen haben willst, sollte ich wohl zugreifen."

Fay lachte leise und sah ihn verschmitzt an.

„Du weißt, dass ich nicht vom Essen gesprochen habe. Und ich hatte dir angeboten … zuzugreifen, aber du hattest anderes im Sinn."

Julien schob den leeren Teller von sich und lehnte sich zurück. Es war lange her, dass er die Gesellschaft einer Frau genossen hatte. Genau genommen war es lange her, dass er überhaupt in Gesellschaft einer Frau gewesen war. Er zwinkerte.

„Da irrst du dich, Fay. Aber ich mag am Ende eines Tages nicht über mich sagen, eine Frau in Not ausgenutzt zu haben. Damit schläft es sich schlecht ein, verstehst du?"

Er konnte es nicht lassen, sie ein wenig aufzuziehen, denn sie war – es brachte nichts, das zu leugnen – zu heiß, als dass er diesen Flirt mit ihr nicht genossen hätte.

Sie nickte verständnisvoll.

„Natürlich. Aber ich verspreche dir, Julien, an Schlaf hättest du nicht mehr gedacht, sobald ich angefangen hätte, für dich zu tanzen."

Er sah sie an, und es fiel ihm nicht schwer, ihr zuzustimmen. Was ihm jedoch schwerfiel, war die Vorstellung, dass sie bereit war, für jeden, der ihr einen Schein zusteckte, die Hüllen fallen zu lassen. Mit mehr Ernst, als gerade noch, fragte er:

„Kannst du noch schlafen, Fay, wenn du für einen Mann getanzt hast?"

Ihr Gesicht nahm einen verschlossenen Ausdruck an.

Auch für Fay schien der Flirt nun beendet, und sie wischte sich die Krümel von den Fingern. Sie sah ihn lange an, und Julien glaubte schon, sie würde ihm nicht antworten.

„Entschuldige", murmelte er und schob seinen Teller beiseite.

„Nein, es ist okay. Du hast ja recht. Ich finde kaum Schlaf, wenn ich aus der Bar komme. Die Blicke der Kerle verfolgen mich, selbst wenn ich die Augen schließe. Und ihre ekelhaften Berührungen … sie lassen sich nicht einmal abwaschen. Aber so ist mein Leben nun einmal. Was denkst du, warum ich deinen roten, kostspieligen Klunker versteckt habe? Warum glaubst du, habe ich ihn nicht direkt zur Polizei gebracht?"

Julien sah sie schweigend an. Er kannte die Antwort, aber er ahnte, dass er es Fay schuldete, es sie sagen zu hören.

„Der Verkauf hätte für mich doch alles verändert!"

Ihre Augen verdunkelten sich, und sie stand auf, ging ins Nebenzimmer und holte sich eine Zigarette. Sie lehnte am Türrahmen, rollte die Kippe zwischen ihren Fingern, zündete sie aber nicht an. Sie sah hilflos und wütend aus. Wütend auf sich selbst? Auf ihn? Julien wusste es nicht, aber vermutlich erstreckte sich ihre Wut auf die ganze Welt.

„Warum hast du mir eigentlich nicht den Stein zum Verkauf angeboten, Fay? Warum deinen Körper?", fragte er ernst, und erneut verspürte er beim Anblick ihrer langen, nackten Beine, ihrer Brüste unter dem Shirt und ihrer roten Locken das Verlangen, sie in seine Arme zu schließen. Aber diesmal wollte er ihr einfach Trost spenden.

Sie schüttelte den Kopf, als verstünde sie sich selbst nicht.

„Es fällt mir leichter, Menschen gleich in einem schlechten Licht zu sehen, als später von ihnen enttäuscht zu werden. Hätte ich für dich getanzt, dein Geld genommen und deine Berührung auf meiner Haut gespürt, wäre es mir leicht gefallen, dich zu verachten", gestand sie leise.

Julien kam näher. Er nahm ihr die Zigarette aus der Hand, schnippte sie aus dem Fenster und wickelte sich eine ihrer Strähnen um den Finger. Mit der anderen Hand hob er sachte ihr Kinn an und sah ihr in die Augen.

„Ich habe dich schon vorher berührt, Fay. Im Park. Hat das nicht ausgereicht, deine Verachtung zu wecken?"

„Nein", gestand sie mit jetzt tränennassen Augen. „Deine Berührung hat unsinnige Hoffnungen geweckt. Eine Hoffnung, die ich besser gleich zerstören will, ehe ich mich verletzbar mache."

Julien gab ihre Haarsträhne frei, und sofort fehlte ihm das seidige Gefühl zwischen seinen Fingern.

„Hoffnung ist nichts Schlimmes, Fay. Und Angst auch nicht. Aber du musst dich nicht fürchten, denn ich werde dich nicht verletzen. Ich verlasse Paris morgen, und du wirst unbeschadet weiterleben."

Fays Lippe zitterte, und eine einzelne Träne rann ihr über die Wange. Julien wischte sie mit dem Daumen fort.

„Jemand wie du, Julien, ist mir noch nie begegnet. Was, wenn es also genau das ist, was ich fürchte? Wenn es das ist, was mich verletzt?", fragte sie und drängte sich an ihn.

Im nächsten Moment lagen ihre weichen Lippen auf seinen und ihre Arme um seinen Hals.

GIFT?

Claudios Pupillen weiteten sich in dem Moment, als die bittere Flüssigkeit seine Lippen benetzte. Er keuchte und packte Julien überrascht am Kragen. Sein Körper wurde von heftigen Krämpfen geschüttelt, als er hilflos in Juliens Arme sank.

Der wollte seinen Freund stützen, ihn beruhigen, aber er konnte nichts anderes tun, als zu verhindern, dass Claudio auf dem Boden aufschlug.

„Schnell, packt mit an!", wies er seine Männer an, Claudio auf sein Bett zu legen, aber noch ehe sie das taten, hörte dessen Herz auf zu schlagen.

Fassungslos sah Julien auf seinen langjährigen Freund und Waffenbruder hinunter. Obwohl Said davon gesprochen hatte, dass das Elixier zuerst den Tod bringen würde, erschütterte ihn nun der Anblick. Leblos und blass, mit seelenlosen Augen lag Claudio vor ihm. In Julien wuchsen mit jedem Atemzug, den er tat, die Zweifel. Was war geschehen? Hatte seine Leichtgläubigkeit, sein mangelnder Glaube an Gott und Jesus Christus ihm womöglich einen seiner besten Männer genommen?

„Was ist mit ihm? Ist er tot?", verlangte Gabriel zu wissen. „Hat es ihn umgebracht?"

Lamar riss den Heiden auf die Beine und schlug ihm hart ins Gesicht. Wieder und wieder drosch er auf Said ein, bis

Julien dazwischenging.

„Hör auf, Lamar!", rief er und stieß Said auf den Boden. „Ich muss wissen, was das soll! Was hat das Elixier mit Claudio gemacht?"

Lamar wischte sich den blutbeschmierten Knöchel an seiner Hose ab und zuckte, so, als wollte er den am Boden Liegenden mit seinem Stiefel treten, ließ es aber bleiben.

„Gift, Julien! Dieser elende Bastard hat uns einen Bären aufgebunden, und nun lacht er sich ins Fäustchen, weil er uns dazu gebracht hat, einen unserer eigenen Männer zu vergiften! Sieh dir den Hurenbock doch an, Juls!"

Said hob abwehrend die Hand, als Lamar nun doch zutrat und ihn mitten in den Bauch traf.

„Warte, Christ! Warte! Ich habe gesagt, dass ich noch nie gesehen habe, wie das Elixier wirkt. Aber was man mir überliefert hat, besagt, dass es die sterbliche Hülle eines Menschen vernichtet und ihn, wie aus Nebel, wiederkehren lässt."

Said deutete auf Claudios Leichnam.

„Gib diesem Wunder Zeit, Christ. Eine Geburt braucht auch seine Zeit."

Lamar lachte bitter.

„Es nützt dir nichts, Zeit zu schinden. Dein Kopf gehört mir, und ich werde ihn dir mit Freuden abschlagen, wenn sich nicht erfüllt, was du behauptest."

Wieder trat er zu, und Said spuckte Blut.

Julien vermochte es nicht, Lamar aufzuhalten. Er traute seinen Entscheidungen nicht mehr und fragte sich, ob er sich je vergeben können würde, sollte Claudio wirklich und wahrhaftig tot sein.

Arjen konnte die Attacken seines Gefährten nicht länger mit ansehen und riss Lamar von Said fort.

„Beruhige dich, Lamar, und benutze deinen Kopf. Starb

nicht auch Jesus in den Augen der Welt am Kreuz? Wenn Said die Wahrheit spricht, dann müssen wir annehmen, dass auch Claudios Tod nur eine Zwischenstation ist."

Die Männer waren nervös, und Julien konnte es ihnen nicht verdenken. Said setzte sich vorsichtig auf und wischte sich das Blut aus dem Mundwinkel, Lamar bezog neben ihm Stellung. Besorgt trat Gabriel an den Zelteingang und hob die Plane. Er spähte hinaus in die Nacht, ehe er sich wieder an seine Brüder wandte.

„Was tun wir nun? Raimund von Toulouse ist verärgert und wird dich sicher morgen sprechen wollen, Juls. Und hier kannst du ihn nicht empfangen, solange sich ein Heide und unser toter Freund hier befinden. Verweigerst du dich aber seinem Befehl weiter, wird er Soldaten schicken, die dich zu ihm bringen."

„Ich entscheide im Morgengrauen, was ich tun werde. Lasst uns bis dahin an Claudios Seite wachen – ob dies nun sein Ende ist oder ein Anfang –, so sehe ich es als meine Pflicht, ihn nicht allein zu lassen."

Die Männer nickten und setzten sich im Kreis um ihren toten Waffenbruder.

„Was ist mit Gerome?", fragte Julien nach einer ganzen Weile noch einmal leise, sodass nur Cruz, der direkt neben ihm saß, es hörte, und die anderen in ihrem Halbschlaf nicht gestört wurden.

„Ich weiß nicht, Juls. Uns fiel schon bei der Hinrichtung auf, dass er nicht da war, aber das warst du ja auch nicht. Später sagte Lamar, dass er Gerome und Arnulf zuletzt im Tempel gesehen habe, als du mit dem Heiden gesprochen hast. Seither ist er verschwunden. Arnulf sah ihn wegreiten, und Gabriel hat uns am Abend den gesamten Palast und die halbe Stadt durchsuchen lassen, aber nichts. Keine Spur von ihm."

Julien schwieg.

„Die Stadt ist in Raimunds Hand. Seine Soldaten patrouillieren in jeder Straße. Wer sollte Gerome etwas angetan haben? Es ist unwahrscheinlich, dass er tot in irgendeiner Gosse liegt."

„Fahnenflucht?", schlug Cruz vor und zuckte mit seinen kräftigen Schultern.

„Fahnenflucht? Jetzt, wo wir Jerusalem erobert haben? Das macht doch keinen Sinn."

Julien grübelte noch lange über Geromes Verschwinden, konnte sich aber keinen Reim darauf machen. Er hoffte, der Krieger würde am nächsten Tag wiederkehren und sich erklären.

Die Nacht schlich träge dahin, aber Julien verspürte keine Müdigkeit. Er fühlte die brennenden Augen seiner Männer im Rücken, die auf das Wunder warteten, an das sie selbst kaum glaubten. Lamars stiller Zweifel füllte das Zelt und kroch Julien mit jeder Minute, die verstrich, weiter unter die Haut. Das Wispern des Wüstenwindes trug noch immer den Geruch von Tod mit sich und verbreitete seine traurige Melodie innerhalb der Zeltstadt.

Mit dem ersten blauen Streifen am Horizont, welcher den nahenden Morgen einläutete, veränderte sich die Luft. Die Kälte des Nachtwindes wurde von heißen Böen vertrieben. Diese trugen so viel Staub mit sich, dass das gesamte Lager darunter versank. Der Sand prasselte wie Regen auf die ledernen Zelte nieder und quoll durch die kleinsten Ritzen.

Wie Nebel waberte er unter den Zeltwänden hindurch und konzentrierte sich um Juliens Bett. Die Männer erhoben sich langsam, und jedem von ihnen war klar, dass etwas Ungewöhnliches vorging. Die Fackeln flackerten, und zwei von ihnen erloschen zischend, als ein Windstoß die Zeltplanen hob und noch mehr Staub mit sich brachte.

„Juls?", fragte Gabriel und bekreuzigte sich, wobei er einen Schritt nach hinten wich, um dem hereinströmenden Sand – oder war es Nebel? – zu entkommen.

„Was geht hier vor?"

Julien war ebenfalls aufgestanden, und Lamar hielt seine Waffe parat, schien aber unsicher, was er damit tun sollte.

„Warte, Bruder! Lass uns sehen, was geschieht."

Er reichte Said, der am Boden saß, die Hand und half ihm auf die Beine.

„Julien?", rief nun auch Arnulf drängend.

Mit einem bittenden Blick auf Lamar wandte sich Julien an seine Männer, die er im sengenden Staub kaum mehr ausmachen konnte. Er hielt sich den Arm vor Mund und Nase, um atmen zu können.

„Ich denke, Männer, wir werden gerade Zeuge von etwas Großem. Also lasst uns abwarten und hoffen, dass Saids Elixier kann, was er uns versprochen hat. Lasst uns, zu welchem Gott auch immer, zu dieser Kraft, die hier am Werk ist, für Claudio beten!"

Am Horizont glühten die ersten Strahlen der Sonne auf, und es war, als küsste das Licht den Erdenraum mit heißer, leidenschaftlicher Zunge. Im Zelt wurde es schlagartig warm, hell und leuchtend. Claudio schien sich, losgelöst von allem Irdischen – vor ihren Augen in eine Lichtgestalt zu verwandeln. Die Männer beschatteten ihre Augen, so geblendet waren sie von diesem unwirklichen Anblick. Nebelschwaden waberten um den Leichnam herum, und wie Feuer, in dessen Mitte eine rote Glut lebte, verschmolz Claudios Hülle zu einem glühenden Ball in flammendem Dunst.

„Heilige Muttergottes!", flüsterte Arnulf in die Stille.

Hitze schlug ihnen entgegen, und Cruz trat an Juliens Seite.

„Wie ein Weib, das ich einst auf einem Scheiterhaufen brennen sah", murmelte er.

Und tatsächlich schien es, als zuckten Claudios Glieder unter den Nebelflammen. Juliens Augen tränten in der brennenden Luft, der Schweiß tränkte sein Hemd, aber er vermochte es nicht, ein Stück zurückzutreten. Er spürte die Kräfte, die in diesem Zelt wirkten, und wünschte, er selbst wäre an Claudios Stelle.

Wie es sich wohl anfühlt, aus Nebel geboren zu werden?

Er schauderte, als sich der Dunst zu einer leuchtenden Pyramide formte, die Claudios Körper vor ihrer aller Augen verbarg.

Wie lange Julien auf den Gipfel aus Licht gestarrt hatte, wusste er nicht. Noch konnte er sagen, ob er atmete oder ob das Herz in seiner Brust weiterschlug. Nur eines war noch von Bedeutung – und das war diese göttliche Hitze, die ihn zu verbrennen schien, ihm aber zugleich das wahre Wunder vorenthielt.

Ein weiterer Windstoß blähte das Zelt, und ein markerschütterndes Heulen fuhr ihnen durch die Knochen, als Spannleinen und Ankerpfosten herausgerissen wurden. Wild wie die schuppigen Schwingen einer Bestie schlugen die Zeltplanen in den Himmel. Im nächsten Moment sank der glühende Nebel zu Boden, als Sand, der vom Wind zurück in die Wüste getragen wurde und die Männer dem violetten Licht des neugeborenen Tages überließ.

Julien schützte seine Augen vor dem tanzenden Staub, und, als er blinzelte, glaubte er zu träumen.

„Was ist passiert?", fragte Claudio und setzte sich auf.

KOMPLIZIERT

———————◆———————

PARIS, HEUTE

Seine Lippen waren weich, und das sanfte Kratzen seines Dreitagebartes an ihrer Wange war erregend. Fay seufzte leise und drängte sich näher an die verlockend männliche Brust. Es kam ihr wie eine Ewigkeit vor, bis er schließlich seine Hände an ihre Taille legte. So unschuldig und zart diese Berührung war, Fay hätte jubeln mögen, so sehr genoss sie es. Sie öffnete ihre Lippen für ihn und neckte ihn mit ihrer Zunge. Sein Atem vermischte sich mit ihrem, und sie ersehnte seine Erwiderung.

Ihre Brüste kribbelten unter seinem Shirt, dort, wo sie sich an ihn presste. Alles in ihr verlangte nach mehr. Nie zuvor hatte sich Fay nach einem Mann verzehrt. Nie etwas anderes gewollt, als dass die Kerle ihre Finger von ihr nahmen. Doch nun wünschte sie nur, Juliens Hände, die sie ja mehr erahnte, als tatsächlich durch den Stoff fühlte, wären überall.

„Fay", flüsterte Julien und löste seine Lippen. Seine Augen waren wie Eis über einem dunklen See, und sie fragte sich, ob die Zurückhaltung, die er sich auferlegt hatte, diese so verdunkelten, um zu verbergen, dass er sie ebenso begehrte wie sie ihn?

„Fay, wir müssen los. Es ist Zeit – dies zu beenden."

Seine Stirn lehnte an ihrer, seine Lippen waren feucht von ihrem Kuss, und seine Hände hielten noch immer ihre

Taille umschlossen, als hätte er nicht vor, sie wieder freizugeben. Sie fühlte seine Erregung durch den dünnen Stoff und wusste, dass auch er ihre harten Brustwarzen bemerkte.

„Warum tust du das, Julien?", fragte sie, ohne ihre Arme aus seinem Nacken zu nehmen. Sie strich ihm durch die Haare und atmete seinen wunderbar männlichen Duft ein.

„Mein Leben ist kompliziert, Fay. Ich kann es mir nicht erlauben, es noch weiter zu verkomplizieren. Es tut mir leid. Ich will dich nicht verletzen, denn … denn du bist wundervoll."

Fay sah, dass es ihm schwerfiel, das zu sagen, aber ihr fiel es noch sehr viel schwerer, es zu hören und die Endgültigkeit in seinen Augen hinzunehmen.

Sie schluckte, aber ihre Kehle war dennoch wie zugeschnürt, als sie zurücktrat und ihre zitternden Hände vor ihrer Brust verschränkte.

„Zeig mir einen Menschen, Julien, dessen Leben nicht kompliziert ist."

Damit schloss sie die Tür zu dem Zimmer, das er ihr zur Verfügung gestellt hatte, und lehnte sich mit dem Rücken dagegen. Es war sinnlos, die Tränen aufzuhalten, die über ihre Wangen rannen. So sinnlos, wie um etwas zu weinen, das sich immer außerhalb ihrer Reichweite befunden hatte. Und es war noch sinnloser, sich einzureden, dass sie sich heute nicht verliebt und ihr Herz an einen Mann verloren hatte, der nichts, aber auch gar nichts anderes von ihr wollte als seinen beschissenen Edelstein!

Sie war wütend, sich so dumm und naiv verhalten und ihren so bescheuerten Gefühlen nachgegeben zu haben.

„Fahr doch zum Teufel, Julien! Kerle wie dich kann ich mir nicht leisten!", fauchte sie leise und schlüpfte in ihre klamme Jeans, zog ihre Boots an und hüllte sich in ihre

Lederjacke. Ihr Shirt war noch immer so nass, dass sie es sich nur unter den Arm klemmte, ehe sie mit der Faust gegen die Verbindungstür hämmerte. Entschlossen, ihm ihre Schwäche nicht noch einmal zu zeigen, wischte sie ihre Tränen beiseite.

„Ich bin so weit. Bring mich in die Stadt, damit ich dich endlich los bin, wenn mit dir schon kein Euro zu machen ist."

Julien trat ein und sah verlegen und bedauernd aus.

„Fay, ich …"

„Sei still, Julien. Du hast mich von der Straße weg entführt. Ich hab einen ganzen Tag in der Bar gefehlt und kein Geld verdient, und mein Gedächtnis, was das Versteck des Steins angeht, würde besser funktionieren, wenn ich mir nicht Gedanken darüber machen müsste, wie ich diesen Verdienstausfall nur verkraften soll. Im Moment erinnere ich mich jedenfalls an nichts!"

Julien sah sie an. Es war unmöglich zu sagen, was er dachte. Schließlich nickte er, verschwand in sein Zimmer und kam mit einem Bündel Geldscheine zurück.

„Der Rubin, den du mir freundlicherweise aushändigen wirst, Fay, ist sehr wertvoll. Wir können uns also darauf einigen, dass dir ein ordentlicher … Finderlohn zusteht. Außerdem sehe ich ein, dass sich der Arbeitsausfall für dich nachteilig auswirken könnte, und bin bereit, diesen zu ersetzen. Zudem …"

Er zählte ihr, ohne mit der Wimper zu zucken, eintausend Euro auf die Hand, aber nun verdunkelte sich sein Blick bedrohlich.

„… zudem kam ich in einen Genuss, für den du ansonsten bezahlt wirst. Es ist nur recht und billig, wenn ich mich hier nicht lumpen lasse, richtig?"

Er legte noch einen einzelnen Zehner auf den Stapel und

verneigte sich ironisch.

„Wenn wir dann gehen könnten …"

Fay zitterte vor unterdrückter Wut. Ihre Lunge krampfte beinahe, so sehr drängte es sie, ihn für diese Beleidigung anzubrüllen.

„Anfassen kostet extra", presste sie hervor und hielt ihm weiterhin fordernd ihre Hand hin.

Das würde eine sehr unangenehme Rückfahrt in die Stadt werden, soviel stand fest! Julien reichte ihr wortlos einen weiteren Hunderter.

Sie schluckte ihre schon wieder aufsteigenden Tränen hinunter und steckte das Geld ein. Warum konnte sie nie etwas richtig machen? Hatte sie nicht einmal auch nur einen Tag Glück verdient? Traurig und maßlos gekränkt folgte sie dem Mann, in dessen Armen sie sich früher an diesem Tag so sicher gefühlt hatte. Dem Mann, der Paris – und damit auch sie – schon morgen verlassen würde.

Es war fast dunkel, als Julien den Wagen in hohem Tempo über die Autobahn steuerte. Anscheinend konnte er es kaum erwarten, den Stein zurückzubekommen und sie loszuwerden.

———◆·———

Cruz fluchte laut, als genau jetzt, wo er die Straße überqueren wollte, ein Fahrzeug nach dem anderen angebraust kam. Die Scheinwerfer blendeten ihn, als er auf die Fahrbahn trat. Er nutzte eine Lücke im Verkehr und rannte, immer noch um Unauffälligkeit bemüht, in die Richtung, in die der Priester verschwunden war.

Wieder verfluchte er den Rest der Truppe, denn ihm war bei der ganzen Sache nicht wohl.

Das bläuliche Abendlicht erreichte den Grund der

schmalen Seitenstraße kaum, und das Wasser in den Pfützen schimmerte wie Öl. Ein Hund bellte laut hinter einer geschlossenen Wohnungstür, und Cruz ließ geräuschlos eine seiner Klingen in seine Hand gleiten. Aus einem Dunstabzug über ihm drang der Duft nach süßsaurer Soße und Kohl, der sich mit dem Geruch feuchter Pappe vermischte, der dem dunklen Kartonhaufen neben einer Garage entstieg. Die Gasse war schmal, und an den teilweise putzlosen Häuserwänden konnte man genau sehen, wo die Lastwagen, welche die Geschäfte belieferten, regelmäßig aneckten.

Cruz' durchtrainierter Körper, jeder einzelne Muskel war angespannt. Das Bild von Gabriel, der von zwei tödlichen Rubinpfeilen durchbohrt worden war, stand ihm deutlich vor Augen. Kurz fragte er sich, ob sein toter Bruder das Unheil hatte kommen sehen, ehe die einzige Waffe, die ihnen schaden konnte, sein unendliches Leben beendet hatte. War er sich der Gefahr bewusst gewesen, oder hatte ihn der Angriff überrascht?

Nun, Cruz war sich durchaus bewusst, dass dies eine Falle sein konnte, und versuchte, mit den Augen die dunklen Schatten und nächtlichen Winkel zu durchdringen, ehe er kampfbereit weiterging.

Wo zum Teufel war der Priester? Und was wollte der hier?

Hatte er sich geirrt, als er glaubte, gesehen zu haben, wie der Gottesmann in die Gasse gegangen war? Hatte er ihn im dichten Verkehr schlicht aus den Augen verloren? Cruz fluchte und sah über seine Schulter zurück auf die nun ein ganzes Stück entfernte Hauptstraße und die vorbeiziehenden Scheinwerfer.

Diese Reise nach Paris stand unter keinem guten Stern, dabei hätte es doch so einfach sein sollen.

Ein Jahrzehnt waren sie der Spur der *Wahrheit* gefolgt, ehe sie den dritten Rubin erst vor wenigen Tagen in den Händen eines Mannes gefunden hatten, der seinen wahren Wert nicht einmal ermessen konnte, und nicht einmal ahnte, was er besaß. Er war ein Nachfahre von Konstantin dem Großen, der so viele Generationen nach seinem zu Ruhm und Ehre gekommenen Vorfahren nichts von dem Geheimnis wusste, das der Rubin barg, der sich in der Sammlung seiner Erbstücke befunden hatte.

Diese weitere Rubinphiole an sich zu bringen, war ihnen wie ein Kinderspiel erschienen. Trotzdem hatten sie sich abgesichert. Waren alle zeitgleich in verschiedene Richtungen aufgebrochen, um etwaige Verfolger zu verwirren. Niemand außer ihnen hatte gewusst, dass es Gabriel war, der den Rubin bei sich trug. Es hatte so einfach ausgesehen. Wie hatte ihre Mission nur so aus dem Ruder laufen können?

Mit allen Sinnen versuchte er, die lauernde Bedrohung zu erspüren. Cruz fürchtete den Tod nicht, denn er hatte mehr Leben gelebt, als einem Menschen zustanden, hatte mehr Zeit auf dieser Welt verbracht, als er sich je hatte vorstellen können, und Dinge gesehen, die er hoffte, irgendwann in einem gnädigen Tod zu vergessen – trotzdem musste er vorsichtig sein. Es ging hier nicht um so etwas Bedeutungsloses wie sein Leben. Es ging um das Schicksal der Welt.

Vielleicht, so überlegte er kurz, sähe die Welt heute ganz anders aus, hätten sie damals anders entschieden.

Damals, als ihnen das Geschenk – oder die Verantwortung – des Elixiers offenbart worden war.

AUS NEBEL GEBOREN

———————◆———

JERUSALEM, 1099

Der Sandsturm hatte sich so schnell gelegt, wie er aufgekommen war, und in der Zeltstadt herrschte rege Betriebsamkeit. Alle waren damit beschäftigt, wieder Ordnung in den staubigen Soldatenhaufen zu bekommen, die durchgegangenen Pferde einzufangen und die eingestürzten Zelte wieder aufzustellen. Niemand hatte Augen für etwas anderes als das, was direkt um ihn herum geschah. Keiner ahnte, was sich in ihrer Mitte zugetragen hatte. Niemand, außer der Handvoll Männer in Juliens Zelt.

Die saßen noch immer starr vor Erstaunen da, und ihnen allen war klar, dass – was immer sie gerade erlebt hatten – unbedingt geschützt werden musste. Sie wussten nicht wie, aber Saids Forderung nach Hütern für das Elixier schien ihnen einleuchtend. Seit dem Sonnenaufgang hatten sie alle Möglichkeiten abgewogen und waren noch immer zu keinem Entschluss gekommen.

Julien hatte gehofft, seine Brüder würden die Notwendigkeit der Aufgabe erkennen, aber keiner hatte eine Vorstellung davon, wie man so etwas Bedeutsames richtig schützen konnte.

„Auch meine Männer haben geschworen, die *Wahrheit* zu schützen", warf Said ein. „Aber wir sind gescheitert."

„Wir haben mit Claudio einen unsterblichen Krieger an unserer Seite", gab Gabriel zu bedenken und sah noch immer ungläubig auf seinen von den Toten auferstandenen Freund.

Said sah traurig zu Claudio hinüber.

„Entschuldige meine Worte, Christ, aber so sehr mich dein Mut und deine Ehre auch beeindrucken, so gut kenne ich doch die Natur der Menschen. Euer Freund Claudio mag heute und in vielen Jahren an eurer Seite für den Schutz des Elixiers sorgen, aber was, wenn er in vielleicht fünfzig Jahren allein zurückbleibt? Könnt ihr beschwören, dass er nicht schwach wird? Dass er sich nicht selbst zum König der Welt ernennt und seine Macht zu Zwecken einsetzt, die mit euren ehrenvollen Absichten heute nichts mehr gemein haben werden?"

„Das wird er nicht!", rief Louis und trat an die Seite seines Freundes.

„Er ist einer der besten Männer, die du finden kannst", verteidigte er ihn gegen Saids Unterstellung, doch Claudio nickte nachdenklich.

„Nein, Louis. Was der Heide sagt, ist nicht von der Hand zu weisen. Ich bin nur ein Mensch, und wir alle wissen, wozu Menschen fähig sind. Selbstüberschätzung gehört dazu, und ich will nicht, dass euer Vertrauen in mich sich irgendwann als Fehler herausstellt, nur weil ich heute voll des Glaubens bin, in eurem Sinne zu handeln. Also – was können wir tun?"

Die Männer sahen sich schweigend an. Sie alle haderten noch immer damit, für etwas gekämpft und getötet zu haben, das scheinbar eine einzige Lüge war.

War Jesus Christus womöglich nicht durch Gottes Gnade von den Toten auferstanden, sondern durch die Macht des Elixiers? Hatte er vielleicht sogar geahnt, dass er wiedergeboren werden würde? War alles nur eine einzige Täuschung? Und – war es vorstellbar, dass die Kirche davon wusste, und dieser Kreuzzug dazu dienen sollte, dies alles zu verbergen? War dieser Kreuzzug kein Krieg im Namen Gottes?

„Schulden wir es nicht allen Menschen, unser Wissen zu offenbaren?", fragte Arjen und sah auf das goldene Kreuz, welches er an einer großgliedrigen Kette vor seiner Brust trug.

Schultern wurden gezuckt, halblaute Antworten gemurmelt, bis Julien sich erhob.

„Nein, Männer. Das dürfen wir nicht."

Er begann, auf und ab zu laufen, um besser denken zu können.

„Das Elixier in diesem Rubin hat göttliche Kräfte. Selbst wenn Josef von Arimathäa dieses Elixier bei Jesus von Nazareth angewendet haben sollte, heißt das doch noch lange nicht, dass alles, was unseren Glauben ausmacht, eine Lüge ist. Vielleicht müssen wir von heute an kritisch sein, was die Wunderheilungen durch Jesus angeht, vielleicht skeptisch bleiben, wenn wir an die Erweckung von den Toten denken, wie Jesus es bei Lazarus tat. Aber wir dürfen nicht vergessen: Für viele Menschen ist der Glaube an Gottes Himmelreich die letzte Hoffnung."

Julien faltete die Hände wie zum Gebet.

„Überlegt selbst, wie oft ihr Kraft aus einem Gebet gezogen habt. Oder wie ihr den Verlust eines geliebten Menschen leichter ertragen konntet, weil wir glaubten, ihn nun in der Obhut und grenzenlosen Liebe Gottes zu sehen. Wie viele Totkranke können ihr Schicksal leichter annehmen, weil sie glauben? Wer sind wir, ihnen das zu nehmen?"

Gabriel nickte langsam und rieb sich die Schläfen.

„Wir würden die Menschen entwurzeln und Kriege auslösen, noch größer als dieser Kreuzzug. Ich bin im

Glauben an Gott aufgewachsen, Freunde, und was ich heute sah, erschüttert mich zwar und stellt meine Weltanschauung infrage, zeigt mir aber eines ganz deutlich: Es gibt einen Gott! Denn – wenn nicht er, wer dann hat dieses Elixier geschaffen?"

„Also müssen wir es schützen. Aber wie? Sollten wir es nicht verstecken?"

Said nickte.

„Hier in Jerusalem ist es nicht länger sicher. Seit vielen Jahren versuchte ich, die Männer, die wie ich Hüter des Rubins waren, davon zu überzeugen, dass wir ihn fortbringen müssen. Aber sie bestanden darauf, dass dies der Ort sei, an dem das Elixier verbleiben müsse."

Gabriel runzelte die Stirn und stand nun ebenfalls auf. Seine Gedanken trieben ihn.

„Ich frage mich, warum Josef von Arimathäa dieses wertvolle Elixier in der Grabkammer zurückgelassen haben soll? Er muss doch gewusst haben, welche Kraft es hat."

„Vielleicht hat er es nicht freiwillig zurückgelassen. Josef wurde verhaftet und wegen Leichenraubes zu vierzig Jahren Haft verurteilt, als bekannt wurde, dass der Leichnam Jesu nicht mehr im Felsengrab lag. Dort erschien ihm angeblich Jesus, der ihm einen Kelch gereicht haben soll, dessen Inhalt er es zu verdanken hatte, das Gefängnis überlebt zu haben."

Said blickte die Männer an.

„Wir sind sicher, dass es sich dabei ebenfalls um das Elixier gehandelt haben muss, denn die Haftbedingungen waren damals noch weit schlechter als heute, und Josef war schon zu Zeiten von Jesu Kreuzigung kein junger Mann mehr."

„Was willst du uns damit sagen?", fragte Julien.

„Der Rubin, den du in Händen hältst, muss in der

Grabkammer zurückgelassen worden sein, als der Tumult um Jesu Auferstehung losbrach. Ein weiteres Gefäß mit Elixier, so glauben wir, hat Josef nach seiner Freilassung bei sich gehabt. Und wir vermuten, dass auch Jesus noch eines bei sich trug, als er Jerusalem den Rücken kehrte."

„Jesus kehrte Jerusalem den Rücken?", fragte Cruz und schien verwirrt.

„Ja, er wäre hier nicht länger sicher gewesen. Hätte er es riskieren sollen, dass sein Geheimnis aufgedeckt würde?"

„Natürlich!", stimmte Gabriel zu. „Sein Wirken endete mit seiner Auferstehung, für die es immerhin glaubwürdige Zeugen gab. Nur, wohin ist er gegangen, nachdem er wie Claudio aus Nebel wiedergeboren worden war?"

„Nach Rom. Unseren Quellen zufolge ging er nach Rom."

„Glaubt ihr, er lebt noch immer unter uns?", fragte Arjen ehrfürchtig, und Said zuckte die Schultern.

„Das kann ich nicht beantworten. Die wenigen Spuren, die wir aufgetan haben, verlieren sich etwa dreißig Jahre nach seinem vermeintlichen Tod am Kreuz beim großen Brand von Rom."

Julien hob die Hände und sorgte für Ruhe in der aufkommenden Diskussion.

„Männer, uns läuft die Zeit davon. Ihr wisst, Raimund von Toulouse ist nicht gerade gut auf mich zu sprechen. Uns bleibt nicht mehr lange, um zu entscheiden, was nun geschehen soll, ehe ich mich für mein Verhalten von gestern verantworten muss."

Julien trat an die Zeltöffnung und spähte durch die Plane nach draußen. Gabriel griff nach dem Rubin, den alle wie ein Götzenbild anstarrten, und staunte über den kunstvollen Schliff, durch dessen Lichtbrechung die Flüssigkeit im Inneren vollständig verborgen wurde.

„Said hat recht!", verkündete Gabriel entschieden. „Einer allein vermag es nicht, diesen Stein zu bewahren und zugleich nach dem restlichen Elixier zu suchen. Das müssen wir aber, um zu verhindern, dass sich das Antlitz der Welt durch diese Flüssigkeit verändert. Vielleicht hat Gott uns genau aus diesem Grund an diesen Ort geführt. Um uns zu seinem Werkzeug zu machen."

„Was meinst du damit, Gabriel?", fragte Arnulf, aber Cecil hatte ihn verstanden.

„Richtig, richtig! Wir alle werden Hüter! Unsterbliche Hüter wie Claudio, oder nicht? Oder nicht? Juls? Kann ich der Nächste sein? Vielleicht wächst mir mein Arm nach! Mein Arm, Juls!"

Cecils Gezappel riss alle aus ihren unterschiedlichen Gedanken, und die Frage, die sich in ihren Köpfen zu formulieren begann, sprach Lamar laut aus.

„Schlägst du vor, wir alle benutzen diesen Trank?"

Gabriel hielt den Rubin in die Höhe.

„Ja. Überlegt doch! Saids Männer sind trotz ihrer guten Absichten gescheitert. Claudio allein kann die Aufgabe nicht bewältigen, und es ist, wie Said sagt: Ein Einzelner kann sich selbst nicht das Gewissen sein. Wir jedoch, wir achten uns. Wir vertrauen uns unser Leben an und wissen um die Ehre jedes Mannes in diesem Zelt. Wir wären im Schicksal und in unserer Mission vereint."

Nach und nach nickten alle, aber Said warnte: „Ihr werdet Feinde haben. Mächtige Feinde."

Julien blickte in das besorgte Gesicht des Heiden, ehe er zustimmend an Gabriels Seite trat und reihum seine Männer ansah.

„Feinde haben wir auch hier", sagte er und schlug dem Dunkelhäutigen freundschaftlich auf die Schulter. „Du bist keiner von ihnen."

Lamar wollte gerade protestieren, als die Zeltplane beiseitegerissen wurde und bewaffnete Soldaten in den Eingang traten, an ihrer Spitze der belgische Ritter Gisbert von Mons.

„Julien Colombier? Ihr steht unter Arrest. Raimund von Toulouse wirft Euch Befehlsverweigerung vor. Er enthebt Euch Eurer Befehlsgewalt und unterstellt Eure Männer meinem Kommando."

Gisberts polierte Rüstung drückte auf dessen Schultern, sodass er leicht gebeugt stand und ihm vor Anstrengung der Schweiß auf der Stirn perlte. Trotzdem hielt er Schild und Waffe nach vorne gereckt, jederzeit bereit, seinen Befehl mit Gewalt durchzusetzen.

Julien hob ergeben die Hände und trat einen Schritt zurück. Aus dem Augenwinkel bemerkte er, dass Gabriel behutsam den Lederbeutel an seinem Gürtel schloss und sich die Hände seiner Männer zu ihren Waffen bewegten. Noch ehe Julien darauf etwas antworten konnte, war Lamar nach vorne getreten und verneigte sich ehrerbietig.

„Ritter Gisbert, Lamar Rigot, zu Euren Diensten. Bitte erlaubt, dass ich Colombiers Männer übernehme, denn keiner von ihnen hat etwas mit seinem frevlerischen Fehlverhalten zu schaffen."

Julien zuckte zusammen, und auch seine Waffenbrüder erstarrten in der Bewegung.

Auf Gisberts vor Anstrengung rotem Gesicht erschien ein zufriedener Ausdruck, und er reichte sein Schild an den Mann neben sich weiter, um sich den Schweiß abzutupfen. Anscheinend hatte er mit mehr Widerstand gerechnet. Er nickte gönnerhaft und wandte sich seinen Rittern zu.

„Ergreift Colombier."

Lamar hob die Hand, als wäre ihm noch etwas eingefallen.

„Entschuldigt, wenn ich frage, aber …"

Er wandte sich an Said, und sein eisblauer Blick suchte den des Heiden.

„Said …"

Lamar blinzelte langsam und fasste an sein Schwert.

„Said, kennst du einen Weg hier heraus?"

„Mit Vergnügen, Christ!", rief dieser, als Lamar seine Klinge in Gisbert von Mons füllige Leibesmitte stieß.

BESUCH IN DER DUNKELHEIT

PARIS, HEUTE

D as Hupen eines Autos riss Cruz aus seinen Gedanken, und er fuhr sich durch sein dunkelblondes Haar. Die Klinge in seiner Hand verlieh ihm Sicherheit, denn – auch wenn so mancher ihre Waffenwahl für altmodisch halten würde – hatten sie sich doch im Lauf der Jahrhunderte so daran gewöhnt, dass sie heute eins mit diesen Klingen waren, die Cecil schon zur Zeit der Kreuzzüge für sie entwickelt hatte.

Cruz stieg über eine Pfütze hinweg, als er den Priester entdeckte, der sich vor ihm in einen Hauseingang drückte.

„Hey!", rief er und rannte auf den Kerl zu, der erschrocken sein Versteck verließ und durch die Gasse floh.

Ihre Schritte hallten laut von den Wänden wider. Mit jedem Meter holte Cruz auf. Der Priester sah gehetzt über seine Schulter und rannte, als wäre der Teufel hinter ihm her. Aber gegen Cruz, der dank seines täglichen Kampftrainings bestens in Form war, hatte der hagere Gottesmann keine Chance.

Fast hatte Cruz ihn erreicht, als sich vor ihnen in der Gasse die dunkle Silhouette eines groß gewachsenen Mannes abzeichnete. Die Straßenlaterne in dessen Rücken ließ seinen Schatten zu einem riesigen Dämon wachsen, und der Gottesmann sank heulend zu Boden. Bedächtig trat Cruz näher, während er weder den Ankömmling noch den

Geistlichen auch nur einen Moment aus den Augen ließ. Aber der wimmernde Priester stellte nun keine Gefahr mehr dar.

———◆———

Chloé Ledoux blätterte verschlafen in der Maiausgabe der Cosmopolitan, die sie heute aus einem Straßencafé hatte mitgehen lassen. Doch die trendigen Empfehlungen zu sommerlichen Kurzhaarfrisuren waren für sie und ihren Lockenkopf eher nicht geeignet.

Seit dem Anruf ihrer Schwester war sie unruhig. Fay hatte sich so merkwürdig angehört. Ob es nur an der Enttäuschung gelegen hatte, dass ihr dieser Julien den Stein abgenommen hatte?

Chloé pumpte sich einen Stoß Asthmaspray in den Rachen und schlug die Zeitung zu. Es war fast zehn, und es würde noch Stunden dauern, bis sie Fay mit ihren Fragen löchern konnte. Wenn diese in der Bar arbeitete, kam sie meistens erst in den Morgenstunden zurück.

Fröstelnd wickelte sie sich fester in die Decke und warf einen wütenden Blick auf das undichte Fenster. Himmel, es war Sommer, aber hier war es eisig! Dabei hatten sie das auch schon ganz anders erlebt. Im letzten August waren sie hier unter dem kaum isolierten Dach beinahe bei lebendigem Leib gekocht worden. Es war zum Verrücktwerden! Dieser Rubin hätte alles geändert, und nun sollte ihr trostloses Leben einfach so weitergehen? Chloé steckte sich eine Strähne zwischen die Lippen und knabberte an den Spitzen.

Es musste doch einen Weg geben, an Geld zu kommen, ohne seinen Körper zu verkaufen. Wenn Fay nur nicht so eine verbissen ehrliche Haut wäre. Chloé hatte keine

Skrupel, wohlhabenden Touristen, die ihre dicken Brieftaschen nur allzu offensichtlich mit sich herumtrugen, in der Metro um diese zu erleichtern. Oder sich so wie heute in einem Straßencafé etwas zu bestellen und dann, ohne zu bezahlen, zu verschwinden.

Fay würde ausflippen, wenn sie das mitbekäme. Sie sagte immer, am Rande der Gesellschaft zu leben, hieße nicht, am Rande des Gesetzes zu leben. Chloés Magen knurrte bei dieser schwachsinnigen Denkweise wie zum Protest, und sie nickte.

„Richtig, Magen, du hast es erkannt! Wir hätten heute nur ein mageres Schinkenbrot gehabt, wenn ich nicht selbst ein wenig für uns sorgen würde."

Sie schob die Zeitschrift zur Seite und überlegte, ob sie sich würde überwinden können, zum Zähneputzen noch einmal die behagliche Wärme unter ihrer Decke zu verlassen. Sie wälzte sich herum, streckte einen Fuß aus dem Bett und zog ihn schnell zurück.

„Uhhh, das reicht auch morgen", versicherte sie sich und knipste die Nachttischlampe aus.

Sie hatte kaum ihre Augen geschlossen, als sie das Knarren der Treppe aufhorchen ließ. War das Fay? Es war eigentlich zu früh, außer Gino hatte schon genug Mädchen für heute und sie wieder fortgeschickt.

Da nun aber nichts mehr zu hören war, schloss Chloé ihre Augen wieder und versuchte, ihre sich verkrampfenden Bronchien durch gleichmäßiges Atmen zu entspannen. Wenn Fay die Stufen hochstieg, klang das anders. Vielleicht hatte sie nur die Katze von Monsieur Duprais gehört, die gelegentlich durch das windige Treppenhaus schlich.

Das nächste Knarren beachtete sie daher nicht weiter, sondern lauschte dem Rasseln ihres Atems, das sie, wie so oft, in den Schlaf begleitete. Sie schwebte schon in seligem

Halbschlaf, als sich eine Hand auf ihren Mund drückte und kaltes Metall gegen ihre Halsschlagader gepresst wurde.

Julien kämpfte mit seinen Gefühlen. Seine Finger am Lenkrad waren so blutleer wie seine Lippen, die er fest zusammenpresste, um nicht durch unbedachte Worte alles noch schlimmer zu machen.

Er verfluchte Gabriel im Stillen dafür, ihn ausgerechnet zu dieser Frau geführt zu haben. Schließlich waren ihm in seinen neunhundertachtundvierzig Lebensjahren schon Tausende von Frauen begegnet, die ihn niemals besonders berührt hatten. Natürlich hatte er schöne Frauen, verführerische Frauen kennengelernt und sie auch in sein Bett genommen. Aber dass er eine Frau zugleich begehrte und den Drang verspürte, sie mit allen Mitteln zu schützen, war ihm neu. Neu und beileibe nicht willkommen. Nicht umsonst ging er dem weiblichen Geschlecht regelrecht aus dem Weg, seit er an seinem besten Freund gesehen hatte, wie es endete, wenn …

Nein, sich auf jemanden einzulassen, war ein Fehler. Ein Fehler, den er nicht zu begehen gedachte!

Froh, den Reizen dieser rothaarigen Schönheit schon bald nicht länger ausgesetzt zu sein, fuhr er in eine Parklücke direkt vor der Reinigung. Der Verkehr war ruhig, wie zu dieser späten Stunde nicht anders zu erwarten. Die Geschäfte hatten inzwischen geschlossen, und so waren kaum Passanten unterwegs.

Juliens Blick suchte die finsteren Schatten und dunkelsten Ecken ab, aber weder fiel ihm etwas Ungewöhnliches auf, noch konnte er seine Männer irgendwo ausmachen, die er zur Überwachung eingeteilt hatte.

„Hier ist es?", fragte er, ohne den Motor abzustellen, und runzelte die Stirn.

„Richtig!"

Fay funkelte ihn noch immer unversöhnlich an. „Hattest du etwas Besseres erwartet? Einen roten Teppich für den reichen Kerl vielleicht?"

„Unsinn. Es ist nur …"

Er versuchte, das komische Gefühl zu ignorieren, das ihn beschlich, weil seine Männer nicht, wie vereinbart, zu sehen waren.

„Nur was?"

„Nichts. Aber du solltest hier nicht wohnen. Es gibt sicher bessere Gegenden …"

Fay lachte hart auf.

„Ja, klar gibt es die! Aber, um mir dort eine Wohnung leisten zu können, reicht es nicht, für die Kerle nur zu tanzen. Dann müsste ich mit ihnen ins Bett."

„Sag so etwas nicht!"

Julien gefiel nicht, wie leichtfertig sie über diese Sache sprach. Sie war zu gut, zu besonders, als dass sie sich verkaufte. Wie konnte sie selbst sich nur so wenig Wert beimessen?

„Warum nicht? Es ist die Wahrheit. Dir gefällt nicht, wie ich lebe? Dein Problem! Mein Leben geht dich nichts an! Mein Job geht dich nichts an, und wenn ich mich morgen für 'nen Hunderter flachlegen lasse, dann geht dich das verdammt nochmal auch nichts an! Du sagst, dein Leben ist kompliziert! Ha! Rate mal, was meines ist!"

Julien mochte es nicht, wie die Tränen in ihren Augen bei diesen wütend ausgesprochenen Worten schimmerten. Er wollte nicht wahrhaben, dass ihre Lippe bebte und sie so verletzlich wirken ließ, dass er den Drang, sie in seinen

Armen zu wiegen, bis ihr Lächeln zurückkehren würde, kaum widerstehen konnte.

„Fay", flüsterte er und fasste nach ihrer Hand. Ihre Finger waren eisig, und, obwohl sie sich ihm sogleich entzog, blieb die Kälte.

„Ich hol mal besser den Klunker – nicht, dass ich dir noch mehr Zeit deines ach so komplizierten Lebens raube."

„Warte, Fay, ich komme mit", wollte er sie zurückhalten, aber wieder entriss sie ihm ihre Finger.

„Das tust du nicht! Ich geh allein, denn das ist es, was ich immer tue – ich schaffe mir meine Probleme allein vom Hals. Und du bist mein Problem, also wag nicht, mir nachzuspionieren."

„Ich will dir doch nicht nachspionieren, Fay! Ich vertraue dir, aber es geht um deine Sicherheit!"

Sie lachte ungläubig.

„Na klar vertraust du mir! Du weißt, wo ich wohne. Und wenn ich beschließen sollte, mit dem Rubin abzuhauen, dann kommt dein soziopathischer Freund zurück und knallt mich ab, richtig? Aber wer beschützt dich vor mir, wenn du mit mir kommst? Hast du nicht Angst, ich geh dir in der Dunkelheit an die Wäsche, wo du doch so verklemmt bist wie eine Nonne?"

Seine Stimme klang ernst.

„Der Wanderer wird keinen Grund mehr haben, dich zu belästigen, wenn du mir den Stein gegeben hast. Und, nachdem ich dir deine Geldbörse schon gefüllt habe, sollte es für dich auch keinen Grund mehr geben, dich erneut an mich ranzumachen, Fay. Also droht niemandem von uns Gefahr!"

„Du Arsch!", fauchte sie und reckte ihm ihren Mittelfinger entgegen. „Steig aus dem verdammten Wagen, und ich schwör dir, es wird dir leidtun!"

Damit öffnete sie die Tür und stieg aus. Sie warf ihr Haar über die Schulter und ihm eine ironische Kusshand zu, als sie mit übertrieben wiegenden Hüften über die Straße ging.

Julien schüttelte den Kopf und sah ihr nach.

Sie war so ein Sturkopf. Er wusste, was sie tat. Sie versuchte, die knallharte Amazone zu geben. Sicher versteckte sie gewöhnlich ihre Schwächen und nahm es ihm übel, dass er einige davon im Laufe des Tages trotzdem zu Gesicht bekommen hatte. Lamar war ähnlich. Er behauptete auch, keine Schwächen zu haben, und man ging ihm besser aus dem Weg, wenn diese Behauptung einen Riss bekam.

Also ließ er ihr ihren Willen und blieb im Auto. Sie würde nicht versuchen, ihn zu übertölpeln und den Stein vor seinen Augen verschwinden zu lassen, da war er sicher. Trotzdem war er froh, dass keiner seiner Männer hier war, denn die würden nicht verstehen, warum er auch nur das kleinste Risiko einging, wenn es um die *Wahrheit* ging.

Fay sperrte die Tür auf und verschwand in der Reinigung. Ihre schlanke Silhouette huschte am Schaufenster vorbei und verschmolz mit der Dunkelheit.

Julien blieb unruhig zurück. Diese Unruhe lag nicht nur an Fay. Es war die ganze Reise, die so vieles verändert hatte, was über Jahrhunderte Bestand gehabt hatte.

Zum ersten Mal hatte er einen seiner Männer verloren. Zum ersten Mal mit eigenen Augen gesehen, was sie schon lange wussten – dass ein Rubin einen aus Nebel Geborenen töten konnte. Und sich zum ersten Mal gewünscht, dass die Umarmung einer Frau für ihn mehr sein konnte als die bloße Befriedigung sexuellen Verlangens.

Und dabei würde er sich nie erlauben, mehr für eine Frau zu empfinden, ganz egal, wie sehr er sie mochte, denn es war seine Pflicht, die *Wahrheit* zu beschützen. Für immer.

Und das wiederum hatte ihn hierhergeführt.

Sie mussten allen Spuren nachgehen, um alle Rubinphiolen zu finden und in Sicherheit zu bringen.

Dieser hier war nach dem Rubin, den Julien dank Saids Hilfe in Jerusalem geborgen hatte, und einem, der ihnen kurz darauf in Rom in die Hände gefallen war, ihr dritter Rubin. Er musste so schnell wie möglich in den geheimen Tresorraum in den Katakomben eines unscheinbaren irischen Klosters gebracht werden. Besonders, da ihnen ihre Feinde diesmal so nah gekommen waren wie nie zuvor.

Mit Schaudern dachte er an den Wanderer und wie grausam dieser zu Fay gewesen war. Er fragte sich, warum er diesen gewissenlosen Söldner nicht umgebracht hatte, als sich ihm die Gelegenheit geboten hatte?

War es aus Respekt vor diesem Mann geschehen, der wie sie aus dem Nebel geboren war? Oder hatte ihn die Legende, die den Wanderer umgab, davon abgehalten?

Seit vielen Jahrhunderten rankten sich die Geschichten um diesen Mann. Es gab unzählige Hinweise dafür, dass es durch alle Zeiten Männer gegeben hatte, die aus Nebel geboren worden waren. Erzählt wurde, am Ende seien sie alle vom Wanderer vernichtet worden. Beweise gab es weder für das eine noch das andere. All diese Hinweise waren, genau wie sie selbst, aus Nebel geboren.

Dennoch fanden sich immer wieder Berichte von Augenzeugen, alte Schriften und Legenden, die dem Mysterium dieses Mannes Nahrung gaben. So gab es auch das Gerücht, der Wanderer sei Apollon und hätte schon den mithilfe des Elixiers unsterblich gewordenen Achilles mit einem Rubinpfeil getötet. Aber genau, wie es keine Beweise für die Existenz dieser Helden der Mythologie gab, gab es auch keine für dieses Gerede.

Seit Gabriels Tod wussten sie nun mit absoluter

Sicherheit, dass ein Rubin jeden von ihnen töten könnte, käme er mit ihrem Blut in Berührung. Darum befand sich das Elixier auch in einem Rubin, der als Stein der Steine oder Stein des Lebens bekannt war, und dem man nachsagte, er bezeichne das Wort Gottes. Nur dieses Mineral schien die Macht zu besitzen, die Kraft des Elixiers zu kontrollieren.

Und der Wanderer nutzte dieses Wissen als heimtückische und gefährliche Waffe gegen Julien und seine Männer. Die Frage war nur: Wer hatte ihn beauftragt? Die Bruderschaft, oder die Kirche?

Dieser Gedanke machte ihn noch unruhiger, und er strich mit der Hand die Strähnen zurück, die immer wieder in seine Stirn fielen.

„Verdammt!", murmelte er und versuchte, hinter dem finsteren Schaufenster irgendetwas zu erkennen. War das eine Bewegung? Oder nur eine Lichtspiegelung?

Unentschlossen stieg er aus dem Wagen.

Wo zum Teufel waren seine Männer?

„Schhht, keinen Mucks, Süße!", warnte der Mann und lächelte, sodass Chloé im schwachen, durch das Fenster einfallenden Licht, seine Zähne sah.

„Heute scheint mein Glückstag zu sein", flüsterte er in Chloés Ohr und leckte ihren Hals.

„Du schmeckst nach Unschuld."

Chloé spürte, wie die Angst ihre Bronchien einengte, wie die Panik und das Gewicht des Mannes ihren Brustkorb zu sprengen drohten. Ihr rasselnder Atemzug brachte kaum Luft in ihre Lunge. Sie wimmerte, und der Gedanke, er könnte ihr die Kehle bereits durchgeschnitten haben, weil sie keine Luft bekam, ließ sie würgen.

Licht! Sie brauchte Licht, um … um was? Um zu sehen, was er ihr antat? Um zu sehen, *wer* ihr das antat? Sie japste nach Luft, aber der Hauch, der tatsächlich in ihre Brust fand, war unbefriedigend.

„Schmeckst du überall nach Unschuld?", fragte er und schob die Bettdecke beiseite, ohne den Druck des Messers oder was immer es war, das er ihr an die Kehle presste, zu verringern. Helle Punkte flackerten vor Chloés Augen, als er seine Hand unter ihr Nachthemd schob.

„In all den Jahren habe ich Französinnen immer nur getötet, aber noch nie gefickt. Kannst du dir das vorstellen?", hauchte er kalt und leckte ihren Bauch.

„Nicht!"

Chloé verstand sich selbst kaum, so schwach kamen die Worte aus ihrer engen Kehle. Sie presste ihre Beine zusammen und schlug kraftlos auf ihren Peiniger ein.

„Nur weiter so, Süße", gab er amüsiert zurück, schwang sich breitbeinig auf sie und hielt ihre Hände gefangen, während er mit dem Messer an ihrer Wange entlang fuhr.

Das Leder seiner Kleidung und die metallenen Schnallen an seinen Stiefeln kratzten an Chloés Beinen, als sie sich unter ihm wand.

„Deine Angst wird mir noch besser schmecken als deine Unschuld – aber so weit sind wir noch nicht."

Er schob ihr das Shirt bis zu den Brüsten und hauchte seinen eisigen Atem auf ihren Hals.

„Wo ist deine Schwester … oder vielmehr … wo ist der Stein?"

———— ◆ ————

Cruz sah den Schatten näher kommen und presste die

Lippen zusammen. Der Priester kniete vor ihm im Dreck und murmelte ein Gebet – er sah ihn an, als wäre er der Teufel. Beinahe tat ihm der Mann leid.

„Wo zur Hölle warst du? Und was treibst du hier?", fragte Cruz, als Lamar aus der Dunkelheit trat.

„Ich? Was ich hier treibe? Ich kontrolliere die Seitenstraßen, genau, wie ich dir gesagt habe. Der Hintereingang der Reinigung ist übrigens verschlossen. Und du? Solltest du nicht vor dem Laden stehen?"

Cruz deutete mit einem Nicken auf den Priester, der mit offenem Mund zwischen ihnen hin- und hersah, als wöge er ab, wer von beiden die größere Gefahr darstellte.

„Es war alles ruhig, bis dieser Gottesmann daherkam", erklärte Cruz und zog den Priester an seiner Sutane vom Boden hoch.

„Bitte … ich trage kaum Geld bei mir. Nehmt es, aber lasst von mir ab, dann wird Gott euch vergeben."

Er kramte einen neu aussehenden Zweihunderteuroschein aus seiner Tasche und bot ihn Lamar an. Der zögerte nicht und nahm ihn an sich.

„Viel Geld, das du bei dir trägst. Hast wohl den Klingelbeutel geschröpft?"

„Nein, wirklich nicht! Ein Mann gab es mir gerade eben. Er war sehr freundlich, spendete es der *Chapelle* und bat mich dafür um einen kleinen Dienst im Namen der Nächstenliebe", antwortete der verängstigte Priester schnell.

Cruz horchte auf.

„Was sagst du? Was war das für ein Dienst? Wer hat dir das Geld gegeben?"

Der Geistliche schien beunruhigt. Er sah über seine Schulter und rieb sich die Hände, aber schließlich zuckte er die Achseln und holte einen braunen Briefumschlag aus seiner Tasche.

Es gab weder einen Absender noch eine Adresse. Nur ein einfaches kalligraphisches Symbol.

„Ich sollte ihn hier abgeben", stammelte der Mann und deutete auf die Türen der Wohnungen. „Aber die Hausnummer, die er mir nannte, gibt es nicht."

Mit einem wütenden Fluch riss Cruz den Brief an sich.

„Verdammt! Warum bist du vor mir davongerannt?"

„Ich … ich weiß nicht, das alles kam mir auf einmal komisch vor", gestand der Priester und sah Hilfe suchend die Straße entlang.

Cruz hatte inzwischen den Umschlag geöffnet und das einzelne Blatt entfaltet, auch wenn allein der Lorbeergeruch, der dem Papier entstieg, seine Befürchtung bestätigte.

Rom schickt euch dies, stand dort, und ein kleiner glänzender Rubinsplitter war in rotes Siegelwachs gedrückt und klebte wie in Blut auf dem Papier.

„Verflucht, der Wanderer! Er spielt mit uns! Das ist eine Falle!", rief Cruz und sah sich hektisch um.

Lamar rannte bereits in Richtung der Hauptstraße, als Cruz die Nachricht zusammenrollte und in seine Jackentasche schob. Nur ein Mann pries sich selbst mit einem Lorbeerkranz! Apollon – aber war der Wanderer wirklich diese Sagengestalt, oder machte er sich nur die Mythen zunutze?

Cruz wusste es nicht, aber im Grunde war es ihm egal. Er würde sich von solchen Spielereien nicht ablenken lassen. Wenn der Wanderer sich nun von Rom bezahlen ließ, dann durfte er von ihnen keine Gnade erwarten.

Der Geruch von Lorbeer schien Cruz zu verfolgen, als er Lamar mit gezückten Klingen hinterhereilte. Das Wasser spritzte auf seine Stiefel, als er mit ungutem Gefühl und bösen Vorahnungen durch die Pfützen rannte.

Der Wanderer beugte sich dicht über das Mädchen. Sie war verlockend, wie sie so atemlos vor ihm lag. Das Rasseln ihres Atems erregte ihn. Sie litt, ohne dass er ihr etwas antun musste. Er spürte ihre Furcht bei jedem ihrer kraftlosen Atemzüge. Dazu ihr Duft, der nach verschlafener Unschuld roch. Tief sog er ihr Aroma ein, labte sich an der Angst, die er herausfilterte, und genoss ihr Zittern.

Während der vielen Jahrhunderte seines Lebens hatten für ihn nahezu alle Dinge ihren Reiz verloren. Nahezu … denn eine Sache gab es noch immer, als wäre es seine einzig wahre Natur. Angst.

„Chloé – richtig?", fragte er und schob ihr Nachthemd noch weiter nach oben. Sie war mager, was ihm besonders gefiel. Ihr Busen kaum der Rede wert und kein Fleisch auf den Rippen. Langsam ließ er eine Hand an ihren hervorstehenden Rippenbogen gleiten, ohne den Blick von ihren angsterfüllten Augen zu nehmen. Sie nickte schwach als Antwort auf seine Frage.

„Also, Chloé … Schätzchen … wo ist der Stein?"

Er spürte ihren schnellen Herzschlag unter seinen Fingern, als hielte er einen Schmetterling fest, der verzweifelt versuchte, davonzufliegen.

„Ich habe … ihn nicht. Fay … hatte ihn, aber …"

Sie brachte die Worte kaum hervor, und der Wanderer kniff bedauernd die Lippen zusammen. Sie war so schön in ihrer Angst.

„Streng dich an, Chloé, denn ich habe nicht viel Geduld", hauchte er in ihr Ohr und stützte sich dabei mit seinem ganzen Gewicht auf ihre ohnehin viel zu enge Brust. Sie riss die Augen auf, ließ ihn bis auf den Grund ihrer panischen Seele blicken, und er stöhnte auf. Wer hätte gedacht, dass dieser Tag noch so gut werden würde?

Er löste den Druck auf ihren Brustkorb und lächelte sie an.

„Mein Spray!", flehte sie und deutete auf den Hocker neben dem Bett, auf dem ihre Medikamente lagen.

Er sah hinüber, sah sie an. Lauschte dem Pfeifen, das über ihre blauen, sauerstoffarmen Lippen kam, und schüttelte den Kopf.

„Dann macht es doch keinen Spaß", stellte er fest, nahm das Spray an sich und ließ es in der Tasche seines langen Mantels verschwinden, während ihre vor Furcht geweiteten Augen jeder seiner Bewegungen folgten.

„Und nun sprich weiter", verlangte er und drückte das Messer fester an ihre Kehle.

Das Wimmern, das jedes Wort begleitete, war wie Musik in seinen Ohren. Genussvoll lauschte er ihr.

„Fay hatte … den Stein. Ein Mann … Julien, glaube … glaube ich, … hat ihn ihr … weggenommen."

Er lächelte. Gab seinem Bedürfnis nach und leckte über diese blauen Lippen vor sich. Sie kämpfte und würde doch verlieren. Es war beinahe traurig, denn seit Langem hatte er nichts Vergleichbares mehr erlebt.

„Julien hat ihn ihr weggenommen? Hat sie dir das erzählt? Warum sah ich sie dann mit ihm zusammen aus Paris hinausfahren?"

Er liebte diese Augen, wenn sie so wie jetzt zwischen ungläubiger Verwirrung und Todesangst schwankte. Er genoss es so sehr, dass er in seine Tasche griff und ihr Spray herausholte. Langsam führte er es an ihre Lippen.

„Bitte mich!", verlangte er.

Chloé zögerte nicht. Genau, wie er erwartet hatte, stieß sie die Worte hervor, wusste nicht, wie sehr ihn dies erregte.

„Bitte!"

Erwartungsvoll schloss sie die Lippen um den Zylinder, und er gab ihr, wonach sie so sehr verlangte. Es war ein herrliches Spiel, und, obwohl er wusste, dass er einen Auftrag hatte, ja, ihm nur wenige Minuten blieben, war ihm dies doch vollkommen gleichgültig. Dieser Moment war es wert, genossen zu werden.

„Deine Schwester lügt dich an", stellte er schließlich fest und schob sich von ihrer Hüfte tiefer auf ihre Oberschenkel. Er legte seine Hand flach auf ihren Bauch, spreizte die Finger, sodass sie unter den Gummi ihres Slips glitten. Sie wollte sich wehren, aber sein Messer hielt sie zurück.

„Bitte, nicht!"

„Hörst du mir überhaupt zu? Also, Chloé, wer lügt? Du oder deine Schwester? Sag es mir!"

Ihr Schamhaar an seinen Fingern lockte ihn, tiefer in ihren Slip vorzudringen, aber dafür war keine Zeit.

„Ich weiß nicht, bitte!", heulte das Mädchen, und ihre Tränen glänzten im Dämmerlicht. Sie presste verzweifelt ihre Schenkel zusammen, zitterte unter seiner Berührung. Wieder stöhnte der Wanderer und atmete tief ihren Duft ein.

„Glaubst du, Chloé, deine Schwester ist es leid, sich für ein paar Scheine auszuziehen? Denkst du, sie hat sich entschieden, dich zurückzulassen und mit dem Stein zu verschwinden?"

Er war wie ein Raubtier, das sein hilfloses Beutetier von der Herde trennte. Ein wenig würde er sie noch vor sich hertreiben, ehe er seine Zähne in ihre Kehle schlagen würde.

Das Atmen fiel ihr nun leichter, und sie antwortete schnell.

„Niemals! Fay würde mich nie verlassen! Sie hat nur

mich! Dieser Julien hat den Stein."

Er glaubte ihr. Sie hatte nichts zu gewinnen, indem sie ihn anlog. Während er überlegte, was das für ihn bedeutete, ließ er seine Hände über ihren Körper wandern. Die spitzen Knochen ihres Beckens fühlten sich gut an, und er konnte mit seinen Händen beinahe ihre Taille umfassen, so schmal war sie. Er könnte ihr zartes Genick mit einem Finger brechen, als wäre sie aus Glas. Diese Zerbrechlichkeit in seinen zerstörerischen Händen ...

„Sie hat nur dich – interessant. Sie würde sicher ... leiden, falls dir etwas zustieße", stellte er fest und beugte sich über sie, sodass er beinahe auf ihr lag.

„Wenn ich dich töte, würde es ihr das Herz herausreißen?", murmelte er, und diese Vorstellung allein steigerte sein Verlangen danach, genau dies zu tun.

„Warum? Was habe ich denn getan?", wimmerte Chloé und suchte zum ersten Mal seinen Blick. Ihre Angst schmeckte süß wie Honig, als er ihre Lippe zwischen seine Zähne nahm.

„Nichts, und das ist das Schöne. Du bist reinste Unschuld, Chloé. Reinste, köstliche Unschuld. So rein und köstlich, dass selbst den tapferen Hüter die Schuld quälen muss, weil er dich in seine Angelegenheiten hineingezogen hat."

Ein Gedanke, ebenso erregend wie das Mädchen unter ihm, nahm Gestalt an, als er seine Zähne in ihr Fleisch grub, bis sie vor Schmerz zusammenzuckte und aufschrie.

Vorerst war die *Wahrheit* für ihn verloren, aber warum sollte er dieses reizvolle Spiel deshalb beenden? Vielleicht bot sich ihm sogar genau dadurch eine neue Chance. Die selbsternannten *Hüter der Wahrheit* hatten eine Schwachstelle: ihre Ehre. Sie waren in all den Jahren noch nicht dahintergekommen, dass es sich ohne Gewissen viel leichter lebte. Was wären sie wohl bereit zu tun, um einen ...

Er sah Chloé in die Augen und lächelte.

... um einen Kollateralschaden zu verhindern? Es würde ihm größtes Vergnügen bereiten, das herauszufinden.

Aber die Zeit drängte. Sein Ablenkungsmanöver würde ihm nicht mehr viel Zeit verschaffen, besonders, wenn er nicht vorhatte, allein zu verschwinden.

„Hast du einen Pass, Liebste?", fragte er, zog ihr das Shirt zurück über den Bauch und streifte dabei ganz bewusst ihre kleinen Nippel.

Sie schien verwirrt, als er von ihr abließ und ihr die Jeans zuwarf, die säuberlich zusammengefaltet neben der Matratze gelegen hatte.

„Wie ... ich verstehe nicht?", fragte sie und hielt sich die Hose wie ein Schutzschild vor die Brust.

Er erhob sich und füllte damit die Dachkammer beinahe bis zur Decke aus. Der Ledermantel schlug ihm um die Stiefel, und er strich den Pelz an seinem Kragen glatt.

„Ein Spiel. Mir ist nach einem Spiel, aber wenn du nicht möchtest ..."

Er zuckte mit den Schultern, und schneller, als sie nach Luft schnappen konnte, war er hinter ihr. Seine Hände lagen an ihrer Kehle, seine Daumen drückten gegen ihr Genick. Fast, als wolle er sie massieren, nur war der Druck dafür deutlich zu stark.

„... wenn du nicht möchtest, Chloé, dann ..."

„Doch!"

Sie wollte den Kopf nach vorne nehmen, ihm entkommen, aber er hielt sie zurück. Er wusste, sie spürte seinen Atem auf ihrer Haut und seine Hände, die, obwohl sie sie nun streichelten, ihr Ende bedeuten konnten.

„Doch, ich spiele!", rief sie panisch. „Ich spiele und habe einen Pass!"

Fay schlich durch die finsteren Reihen von Kleiderstangen mit den folienverhüllten Anzügen, Kleidern und Mänteln im hinteren Bereich der Reinigung. Das Rascheln, das jeder ihrer Bewegungen folgte, hatte Ähnlichkeit mit dem Rauschen einer Meeresbrise – nahm sie an, denn sie hatte das Meer noch nie gesehen.

Kurz fragte sie sich, ob sie nicht den Stein nehmen, Chloé wecken und den Versuch, sich damit bis zum Meer durchzuschlagen, wagen sollte. Aber die Erinnerung an Gabriel, den Wanderer und auch der Gedanke an Julien ließen sie diese ohnehin unausgegorene Idee wieder verwerfen.

Ob sie wollte oder nicht, sie musste sich eingestehen, dass sie trotz ihres Verhaltens ihm gegenüber nicht wollte, dass er schlecht von ihr dachte. Sie fuhr sich durch die Locken und rieb sich ihre müden Augen. Sie hatte heute ihre Vorsicht im Umgang mit Männern sausen lassen – und schon bezahlte sie für diese Dummheit. Sie hätte heulen mögen, wenn sie daran dachte, dass sie Julien nie wiedersehen würde oder dass sie zurück auf die Bühne sollte, wo die Typen nicht so nobel waren wie er.

Fay duckte sich unter einem herabhängenden Kleid hindurch und suchte die Ecken der Reinigung nach dem Schemel ab, den sie brauchte, um die Deckenplatten erreichen zu können. Dort drüben, neben der Lampe hatte sie Gabriels Beutel versteckt, aber ohne den Schemel …

Sie überlegte, ob Julien, der sie ein ganzes Stück überragte, wohl ohne eine Leiter oder eine Erhöhung hinaufgekommen wäre. Vermutlich. Aber sie würde sich nicht die Blöße geben, ihn jetzt um Hilfe zu bitten, wo sie eben noch so vehement verlangt hatte, das allein zu regeln.

Zum Glück fand sie endlich unter dem Tresen, wonach sie gesucht hatte, und trug den Schemel unter ihr Versteck. Sie stieg hinauf und streckte sich nach der Deckenplatte, als sie ein Geräusch vernahm. Schritte.

„Verdammt!", fluchte sie und duckte sich zwischen die nächstbesten Kleiderständer. Sie vergrub sich hinter den Foliensäcken und hoffte, Monsieur Duprais würde sie hier nicht finden. Es gab keinen rationalen Grund für ihre Angst, denn sie benutzte den Vordereingang regelmäßig, wenn sie nach Hause kam, aber sie hatte ja auch noch nie etwas zu verbergen gehabt.

———◆·———

Julien hatte sich gerade dazu entschlossen, Fay gegen ihren Willen zu folgen, und überquerte die Straße, als er Lamar aus der Seitenstraße herausrennen sah.

Alarmiert lief er los.

„Lamar!", rief er. „Was ist?"

Der Ausdruck im Gesicht seines Freundes gefiel ihm nicht.

„Ein Priester hat uns in die Falle gelockt. Cruz glaubt, der Wanderer hat seine Finger im Spiel. Warst du hier? Ist dir etwas aufgefallen?", fragte Lamar und deutete zum Eingang der Reinigung.

„Wir sind gerade angekommen. Fay ist hinein, um den Stein zu holen. Hier war alles ruhig, sonst hätte ich sie nie allein gehen lassen."

Cruz kam dazu und forderte sie auf, mitzukommen. Seine Klingen glänzten im Licht der Straßenlaternen, als er sich der Wäscherei näherte.

„Wir gehen rein!", entschied Julien und versuchte, die Angst um Fay nicht Herr seiner Taten werden zu lassen.

„Aber seid vorsichtig, oder uns wird es wie Gabriel ergehen."

Erleichtert bemerkten sie Louis, der gerade mit dem Auto um die Ecke bog. Julien war es nun egal, ob die *Bruderschaft des wahren Glaubens* ihre Anwesenheit hier bemerken würde, und er bedeutete Louis, sich ihnen anzuschließen. Der sprang aus dem Wagen und kam zu ihnen.

Schulter an Schulter näherten sie sich der Tür, sich wohl bewusst, es mit einem Gegner zu tun zu haben, der alles über sie wusste. Ein Gegner, der ihre einzige Schwachstelle kannte und ihnen gefährlich werden konnte.

———◆·——

Chloé stieg zitternd die Stufen hinab. Sie betete, die Katze ihrer Vermieter möge nicht irgendwo hier herumlungern und sie – oder den Mann mit der Waffe hinter ihr – erschrecken. Das Letzte, was sie wollte, war eine Kugel im Rücken, nur weil ihr Entführer sich erschreckte.

Immer wieder schluckte sie die aufsteigende Magensäure hinunter. Ihr war dermaßen schlecht vor Angst, dass sie sich beinahe übergeben musste.

Unter dem irren Blick ihres Peinigers hatte sie sich angezogen und ihre Papiere zusammengesucht, während er fast fröhlich sein Messer gegen eine Pistole aus der Innenseite seines Mantels getauscht hatte. Er hatte einen Schalldämpfer aufgeschraubt und die Waffe ganz entspannt entsichert. Dann war er zu ihr gekommen – so nah, dass sein Pelzkragen sie berührte –, hatte ihre Mundwinkel zu einem Lächeln nach oben geschoben und ihr ins Ohr geflüstert: „Ich töte lieber mit einer Klinge oder mit meinen Händen, weil es direkter ist. Dann spüre ich das Sterben.

Aber manchmal …"

Er fuhr ihr mit dem Schalldämpfer zwischen die Beine.

„… manchmal regt diese Waffe auch die Fantasie an, meinst du nicht?"

Die Erinnerung an diesen schrecklichen Moment ließ Chloé straucheln, und sie hielt sich am Geländer fest, dabei hätte sie nicht fallen können, denn der Mann umklammerte ihren Arm.

„Weiter. Wir haben es eilig. Ich muss dir nicht sagen, was passiert, wenn du Ärger machst, oder?"

Chloé verneinte und wartete auf weitere Anweisungen, als sie den Fuß der Treppe erreicht hatte.

„Vorne raus", befahl er gerade, als die Tür, auf die er zustreben wollte, geöffnet wurde. Mit einem Fluch riss er sie herum, hielt ihre Kehle in seiner Armbeuge und zielte über ihre Schulter, während er sie wie ein Schutzschild vor sich hielt. Chloé versuchte, genau das zu tun, was er von ihr erwartete. Diesen Tag zu überleben, schien ihr das einzig naheliegende Ziel zu sein.

„Hier lang", flüsterte er, da die Männer, die gerade durch den Vordereingang in den Laden kamen, sie scheinbar noch nicht bemerkt hatten, und schob sie zurück in den Treppenaufgang. Die Hintertür war nicht weit, und sie bemerkte, wie auch ihrem Peiniger dieser Gedanke kam, denn er drehte sich leicht nach rechts.

Chloés Blick hing an den Männern, die in den Laden schlichen. Gehörten sie zu ihrem Entführer, oder konnten sie ihr zu Hilfe kommen? Die Waffe hielt sie davon ab, sich bemerkbar zu machen, als sie die geduckte Gestalt ihrer Schwester zwischen den Kleiderständern ausmachte. Fay! Sie wollte um Hilfe schreien, aber der entsetzte Ausdruck auf Fays Gesicht hielt sie davon ab. Dies und der Schalldämpfer, der sich todbringend gegen ihre Wange presste und sie, ebenso wie der unnachgiebige Arm um ihre Kehle, weiterdirigierte.

Wenigstens gab es nun Hoffnung, dachte Chloé, denn Fay hatte sie gesehen. Hatte den Entführer gesehen und würde sie retten oder die Polizei rufen, oder eben tun, was immer getan werden musste, um sie heil zurückzubringen.

„Hier", flüsterte ihr Peiniger und drückte ihr das Asthmaspray in die Hand. „Wenn ich die Tür öffne, dann renne. Behinderst du mich oder hältst mich auf, war es das für dich, verstanden?"

Chloé nickte und pumpte sich zwei Stöße in den Mund. Er wartete, bis sie so weit war, dann zielte er auf die Verriegelung der Hintertür. Er feuerte mehrfach und, obwohl die Schüsse beinahe geräuschlos waren, schlugen die Kugeln laut in das splitternde Holz und gegen die Wand.

Chloé schrie erschrocken auf. Ein Ruf ertönte, Schritte, Männerstimmen und das Geräusch umstürzender Kleiderwagen drangen an ihr Ohr, als sie der stahlharte Griff des Mannes an ihrer Seite hinaus in die Dunkelheit schob.

„Weiter", rief er und drängte sie durch den finsteren Hinterhof. Sie wagte es nicht, auch nur über die Schulter zu blicken, um sich nach Fay umzusehen. Ihre Lunge schrie nach Luft, ihre Kehle brannte, und sie wusste, sie würde nicht mehr weit kommen, trotzdem setzte sie tapfer einen Fuß vor den nächsten. Sie war so darauf konzentriert, nicht zu ersticken, dass ihr das Motorrad nicht auffiel, auf das sie zurannten.

Ihr Entführer sprang regelrecht auf die Maschine und zielte dabei mit der Waffe auf ihren Kopf.

„Aufsteigen!", forderte er.

Chloé überlegte für den Bruchteil einer Sekunde, ob sie

sich ihm widersetzen könnte, aber dann überwog ihre Angst vor der Pistole. Also tat sie, wie er ihr befahl, stieg auf, sah zurück in den leeren Hinterhof und krallte sich an die Lederriemen und Metallschnallen am Mantel des Fremden fest, als sie in hohem Tempo durch die Straßen von Paris flohen.

———— ◆ ————

Fay duckte sich zwischen die Kleidersäcke und hielt sich die Hand vor den Mund. Sie konnte nicht fassen, was sie gesehen hatte: Chloé in der Gewalt dieses Irren aus dem Park!

Sie sah sich um, suchte nach irgendetwas, das sich als Waffe verwenden ließe, aber da war nichts! Nichts! Aber sie konnte doch nicht zulassen, dass ihrer Schwester etwas zustieß!

Sie sprang auf, als auch hinter ihr Chaos ausbrach – und wurde im nächsten Moment zu Boden gerissen. Schmerz jagte durch ihren Körper und explodierte in ihrem Kopf. Verwirrt sah sie hinauf zur Decke. Obwohl sie sich nicht bewegte, begann der Raum, sich um sie herum zu drehen.

„Chloé", keuchte sie und hob ihren Arm, aber ihre Schwester war fort.

———— ◆ ————

„Fay!", rief Julien und suchte die Reinigung ab. Hektisch wühlte er sich durch die Kleiderstangen. Er hatte ihren Schrei gehört, aber er konnte sie nicht sehen. Cruz war inzwischen an der Hintertür angelangt und donnerte diese mit einem lauten Fluch zu. Lamar gab ihm, Julien, Deckung, und Louis war zurück auf die Hauptstraße gerannt, für den Fall, dass der Wanderer diesen Weg nehmen würde.

„Er ist fort!", rief Cruz und trat gegen einen Kanister mit Bleiche, der daraufhin gefährlich wackelte, aber Julien hatte dafür keine Nerven. In seinem Herzen hämmerte eine drängende Frage.

„Fay! Habt ihr Fay gesehen?", brüllte er und fand schließlich zumindest einen Lichtschalter. Nach kurzem Flackern wurde es hell, und Fays rote Locken auf dem ausgebleichten Linoleum wiesen ihm den Weg.

Fluchend sank er neben ihr zu Boden, wischte ihr das Haar aus dem Gesicht und presste seine Finger gegen ihre Halsschlagader. Ihr Puls war schnell und flach, aber zumindest vorhanden. Auf dem Boden und dem Kleid neben ihr war Blut. Hektisch öffnete Julien ihre Lederjacke. Darunter sah er das Shirt – getränkt von ihrem Blut.

„Verdammt!", murmelte er und fühlte sich hilflos wie lange nicht.

„Was ist los?", fragte Cruz und kam zu ihm. Als er Fay sah, fluchte auch er.

„Das ist sie? Hat sie die *Wahrheit*?"

„Sie blutet. Warum zum Teufel blutet sie? Was war hier los?", überging Julien Cruz' Frage und schob ihr Shirt hoch. Er sog scharf die Luft ein, als er die Wunde an ihrer Seite sah.

„Ein Querschläger", erklärte Lamar, der sich nun ebenfalls über Fay beugte. „Er hat wohl die Hintertür aufgeschossen."

Cruz erhob die Stimme.

„Hat sie die *Wahrheit*, Juls?", fragte er mit Nachdruck, als ein älterer Mann mit schütterem grauen Haar und einem Telefon in der Hand hereinkam. Er trug einen Morgenmantel und hielt ihnen das Mobilteil wie eine Waffe entgegen.

„Raus mit euch!", rief er aufgebracht. „Ich habe die Polizei gerufen! Ihr habt meinen Laden zerstört!"

Mit zwei schnellen Schritten war Lamar bei ihm, packte ihn am Kragen und drückte ihn auf die Theke, die den hinteren Teil vom Kundenbereich trennte.

„Halt dein Maul! Siehst du nicht, dass wir beschäftigt sind?"

„Ist gut, Lamar! Mach es nicht noch schlimmer!", rief Cruz, der immer noch auf eine Antwort von Julien zu warten schien, denn er sah ihn fordernd an.

„Lass das Mädel, Juls, und sag mir, wo der Rubin ist. Hat er ihn? Der Wanderer?"

Ohne zu antworten, hob Julien Fay auf seine Arme und stand auf. Er sah die Stufen hinauf, dann auf den Mann im Morgenrock.

„Wo ist ihr Zimmer?", fragte er diesen.

„Fay?", fragte der Besitzer der Reinigung und wurde laut. „Hat sie mit dieser Zerstörung zu tun? Fay? Hörst du mich, du und deine Schwester fliegt hier raus! Hätte euch längst hinauswerfen sollen, wenn ich mir das nun so ansehe!", schimpfte er.

„Sorg für Ruhe!", befahl Julien knapp.

Lamar nickte und schlug den Mann nieder. In der nun herrschenden Stille richteten sich erneut alle Augen auf Julien.

Der sah die Stufen hinauf und ging ohne ein weiteres Wort in diese Richtung, während Fays Blut warm über seine Finger lief.

„Juls!", warnte Cruz, diesmal mit drohendem Ton. „Vergiss nicht, was unsere Aufgabe ist!"

Julien blieb stehen und drehte sich um. Er war wütend. Wütend auf sich, weil er Fay allein gelassen hatte, wütend auf seine Männer, weil sie es nicht geschafft hatten, dieses Haus zu bewachen, und wütend auf Fay, weil sie so hilflos und verletzt in seinen Armen lag.

„Sie hat gesagt, die *Wahrheit* wäre irgendwo in der Zwischendecke versteckt. Sucht danach, ich kümmere mich um ihre Wunde."

Damit ließ er die Männer zurück, die zeit seines Lebens für ihn an erster Stelle gestanden hatten, und stieg die Stufen hinauf. Die Angst, die er dabei verspürte, war so mächtig, dass er zitterte.

„Bleib bei mir, Fay", flüsterte er.

AUFBRUCH NACH JAFFA

JERUSALEM, 1099

Juliens Männer hatten ihre Wahl getroffen. Sie ritten im gestreckten Galopp in Richtung Jaffa und ließen dabei nicht nur Raimund von Toulouse, den Kreuzzug von Papst Urban II. und all die Männer zurück, an deren Seite sie in den letzten Jahren gekämpft hatten, sondern auch die Grundfesten ihres Glaubens. Jerusalem verschwand im Staub, den die Pferde aufwirbelten, aus ihrer Sicht – und damit schwanden auch ihre letzten Zweifel.

Julien ritt an der Spitze der Männer, die am Morgen für ihn zu den Waffen gegriffen hatten. Für ihn hatten sie Verrat geübt, an der Mission, die sie in den letzten Jahren verfolgt hatten.

Die Befehlshaber Raimund und Gottfried würden hoffentlich Besseres zutun haben, als ihnen zu folgen, besonders, da die Eroberung Jerusalems zugleich den Streit um die Herrschaft über die Stadt entfacht hatte.

Schweigsam hatten sie die letzten Stunden im Sattel verbracht, aber nun schloss Gabriel zu ihm auf, und Julien versuchte sich an einem Lächeln.

„Willst du die ganze Strecke bis Jaffa an einem Tag zurücklegen und dabei dein Pferd zu Tode schinden?", fragte Gabriel und ließ sein Pferd ganz bewusst etwas langsamer gehen.

Julien fuhr sich über den Kopf und zügelte ebenfalls das Tempo.

„Nein, natürlich nicht."

„Wir haben jetzt die Berge erreicht. Lass uns hier im Schatten ein Lager aufschlagen. Wir müssen klären, was nun geschehen soll, Julien."

Julien zuckte die Schultern.

„Ist es nicht zu spät, viel zu überlegen? Warum habt ihr mich Gisbert von Mons nicht einfach ausgehändigt, anstatt ihm das Schwert in den Leib zu stoßen? Mit diesem Widerstand gegen Raimunds Befehl haben wir ihm den Krieg erklärt. Er wird uns die Köpfe abschlagen lassen, sollte er uns erwischen!"

Gabriel nickte betroffen. Er war kein Freud unnötiger Gewalt und hätte sicher Lamars Handeln kritisiert, wenn er damit etwas an ihrer Lage hätte ändern können.

„Es ist, wie es ist, Juls! Und wenn Raimund beschlossen hätte, dich zu strafen, wäre das, dessen wir am Morgen Zeuge geworden sind, in Gefahr. Es ist richtig, uns vorerst den Befehlen der Kirche zu entziehen und herauszufinden, wohin uns unser neues Wissen führt oder wie wir damit umgehen sollen."

„Das weiß ich, Gabriel. Und ginge es dabei einzig um mein Wohl oder um meine Zukunft, dann hätte ich weniger Sorge, aber …"

Julien drehte sich nach seinen Männern um, die ihnen durch die dürre Hügellandschaft folgten.

„… aber euer aller Leben scheint mir nun entwurzelt."

„Wir sind alle freiwillig hier, mein Freund", beendete Gabriel das Gespräch und führte sein Pferd von dem Pfad weg, den die Soldaten auf ihrem Weg vom Mittelmeerhafen bis nach Jerusalem in den morgenländischen Boden getrampelt hatten. Er lenkte es ein gutes Stück den felsigen

Abhang hinauf, bis zu einer Gruppe junger Palmenschösslinge, die mäßig Schatten spendeten. Dann glitt er aus dem Sattel und wartete darauf, dass Julien den Befehl zur Rast gab.

Als alle beisammensaßen, die Pferde an den trockenen Büscheln kauten und die Männer sich aus ihren Weinschläuchen erfrischten, schien die Stimmung viel gelöster als am Morgen in Juliens Zelt.

„Was tun wir nun, Freunde? Was haben wir uns nur gedacht?", fragte er in die Runde und blickte zu seiner Überraschung in heitere Gesichter.

Lamar erhob sich, schob seinen ledernen Umhang zurück auf seinen Rücken, löste die Schnallen seines Brustharnischs an den Schultern und atmete erleichtert auf, als Matteo ihm half, das mehrlagige Rüstzeug loszuwerden. An den kurzgeschorenen Partien seines Kopfes glänzte der Schweiß, während der Staub des Rittes seinen langen Zopf verklebt hatte. Vorsichtig hob er den Arm und besah die Schnittwunde, die er sich beim Sturm auf Jerusalem zugezogen hatte.

Er wandte sich an Julien, sprach aber zu allen.

„Wir haben unser Blut und unseren Schweiß gegeben und sind dabei stets deinem Befehl gefolgt, Bruder. Glaubst du, ein Raimund von Toulouse kann über uns verfügen, als wären wir einfaches Fußvolk?"

Ringsum schüttelten die Männer ihre Köpfe.

„Nein, Juls. Jemand wie ich, der nur schwer Befehle befolgt, wählt zumindest selbst den Mann, für den er kämpft. Ich gebe zu, ich teilte nicht deine Meinung, als du den Heiden in unsere Mitte brachtest, aber …"

Er nickte Said entschuldigend zu.

„… aber du zeigtest mir auch hier wieder einmal, warum ich recht tat, gerade dir meine Treue zu schwören. Said hatte recht – und du ebenso, als ihr sagtet, dieses Elixier müsse geschützt werden. Lasst uns dies zu unserer Aufgabe machen, denn ich bedarf keines weiteren Beweises als Claudio, der wieder unter uns weilt."

Julien erhob sich und umarmte Lamar.

„Danke, Bruder. Deine Worte ehren mich."

Er sah in die Runde. Da saßen seine Männer, gute Männer, mit Ehre im Leib und Verstand im Kopf, und waren bereit, ihm zu folgen, wohin immer er sie führen würde. Die Last der Verantwortung schien ihn zu erdrücken, aber er durfte sich davon nicht abhalten lassen, das Richtige zu tun.

Er ging zu Gabriel und ließ sich den Rubin geben. Nachdenklich hob er ihn hoch, sodass sich das Sonnenlicht tausendfach in seinem ungewöhnlichen Schliff brach.

„Dieser Stein enthält die größte Wahrheit der Menschheit. Ich erkläre uns, so, wie wir hier sitzen, zu den *Hütern der Wahrheit*, auf dass wir nie die Macht missbrauchen, die damit einhergeht. Lasst uns verhindern, dass dieses Elixier in die falschen Hände gerät, und es so lange hüten, bis die Welt bereit ist, zu erfahren, was sich in dieser kostbaren Phiole befindet."

„Ihr werdet viele Feinde haben, Christ."

„Feinde, über die du vieles zu wissen scheinst, Said. Darum erweise mir ..."

Julien sah in die Gesichter seiner Brüder und holte sich ihre Zustimmung.

„... erweise uns die Ehre, an unserer Seite zu kämpfen – für den einen Gott, der dieses Wunder zu vollbringen vermochte."

Said zögerte. Sein Blick ruhte auf Lamar. Langsam erhob er sich, trat zu ihm und sah ihm in die Augen.

„Ich werde nicht die Ewigkeit mit einem Mann

verbringen, der mich als seinen Gegner sieht", erklärte er.

Julien wusste, dass sein langjähriger Freund kein Mann war, der Fehler einräumte, darum wunderte es ihn, als Lamar ergeben die Hände hob und Said zunickte.

„Keine Sorge, ich sehe dich nun mit anderen Augen. Du bist mir willkommen. Wie kann ich dir das beweisen?"

Said lächelte – dann hieb er Lamar seine Faust in den Magen und wandte sich zufrieden an Julien.

„Ich tue es!", stimmte er zu und legte dem keuchenden Lamar freundschaftlich den Arm um die Schultern.

„Aber zuvor muss ich euch sagen, dass es Männer gibt, die von dem Elixier wissen. Sie nennen sich die *Bruderschaft des wahren Glaubens*, und sie vertreten die Meinung, dieses Elixier stünde allen Menschen gleichermaßen zu. Sie wollen eure Kirche mit ihren christlichen Lehren stürzen und – wenn man mich fragt – sich vor allem selbst bereichern."

„Wer steckt hinter dieser *Bruderschaft des wahren Glaubens*?", fragte Arjen.

Said hob ratlos die Hände.

„Die Bruderschaft wächst. Verständlich, denn wer würde nicht dem Versprechen von Unsterblichkeit glauben wollen? Wer jedoch das Haupt hinter diesem Bund ist, vermag ich nicht zu sagen. Aber sie verfügen anscheinend über Reichtum. Die Bruderschaft ist gut gerüstet und noch besser bewaffnet. Ihr dürft niemandem mehr vertrauen."

„Reicht es denn aus, diesen Rubin zu schützen, wenn es noch weitere gibt?", fragte Claudio. „Geht dann nicht die gleiche Gefahr auch von den anderen aus?"

„Wir werden also die *Wahrheit* hüten und den Spuren, die uns zu den anderen Rubinen führen können, nachgehen", ergänzte Gabriel.

Julien stimmte dem zu.

„Wir bringen jede einzelne Phiole in unseren Besitz –

und beginnen werden wir dort, wo Jesu Spuren enden. In Rom. Lasst uns, aus Nebel geboren, für alle Zeit zu *Hütern der Wahrheit* werden!"

Mit diesen Worten öffnete Julien den Rubin.

DIE LORBEERSPUR

———◆———

PARIS, HEUTE

Es war dunkel in der Dachkammer, als Julien Fay vorsichtig auf die einfache Matratze bettete. Ihm kam es vor, als hätte nicht die Nacht, sondern seine Sorge um die Frau vor ihm der Welt die Farben genommen. Wieder verfluchte er Gabriel, ausgerechnet sie in diese ganze Sache hineingezogen zu haben.

Julien fühlte sich verantwortlich für Fay, fühlte ihre Wunde, als wäre es seine eigene, und fragte sich zum hundertsten Mal in den letzten Minuten, warum er nicht darauf bestanden hatte, bei ihr zu bleiben? Aber die Antwort darauf war ebenso schmerzhaft wie wahr: Er hatte ihrer Nähe entkommen wollen, ehe seine mühsam auferlegte Selbstbeherrschung Risse bekam, denn Fay weckte eine Sehnsucht in ihm, die ihm Angst machte. Eine Sehnsucht nach etwas, für das in seinem endlosen Leben kein Platz war.

Es war verrückt, denn er kannte sie kaum – und dennoch wünschte er sich, neben ihr zu erwachen. Er wünschte sich, sie anzusehen und dabei nicht zu wissen, dass es keine Zukunft für sie beide gab. Nur einmal in seinem langen Leben wollte er mehr als bedeutungslosen Sex. Wollte fühlen, wie es wäre, einen Menschen bedingungslos zu lieben und von diesem geliebt zu werden.

Ob es Gabriels überraschender Tod war, der ihm das

deutlich machte? Julien wusste es nicht, aber er schätzte seinen Freund als glücklich, sein Herz vor seinem Tod wenigstens einmal für die Liebe geöffnet zu haben – auch wenn es Gabriel mehr gekostet hatte, als sie sich je hatten vorstellen können.

Aber er, Julien, war nie bereit gewesen, so einen hohen Preis zu bezahlen – nicht für etwas so Vergängliches wie die Liebe. Auch wenn es Zeiten gab, in denen er schmerzlich unter der selbst gewählten Einsamkeit gelitten hatte. Er hatte aber auch deshalb nie geliebt, weil er keiner Frau begegnet war, die seinen Geist, seinen Körper und sein Herz zugleich entflammt hatte.

So manches Mal hatte ihm die Einsamkeit vorgegaukelt, eine Frau, mit der er schlief, könnte diese Leere in ihm füllen. Aber, nachdem er sein Verlangen gestillt hatte, wunderte er sich über diesen Gedanken, denn in Wahrheit hatte er sich danach zumeist nur noch viel einsamer gefühlt.

Doch die Angst, die Juliens Herzschlag jetzt beschleunigte, die ihm den Schweiß ausbrechen und seine Hände zittern ließ, zeigte ihm, dass der eine Tag in der Nähe dieser rothaarigen Schönheit ihn tiefer berührt hatte, als er bisher geglaubt hatte.

Er wischte sich die Haare aus der Stirn und knipste die Nachttischlampe an. Blass und reglos lag Fay vor ihm, und es kostete ihn einiges an Mühe, seinen Blick von ihrem verletzlichen Antlitz zu nehmen und sich stattdessen um die Wunde zu kümmern. Er zog ihren Arm aus der Jacke und schob das Shirt bis zu dem Rippenbogen nach oben, aus dem das Blut noch immer sickerte.

Julien biss wütend die Zähne zusammen. Er spreizte die Wunde und war froh, zu erkennen, dass der Querschläger aus der Waffe des Wanderers an Fays Rippe abgeprallt und sie dadurch nur leicht verletzt hatte. Trotzdem sollte das genäht werden. Er ging in das kaum abgetrennte Badzimmer und kramte in Fays Spiegelschrank. Als er gefunden hatte, was er suchte, kehrte er zu ihr zurück, tupfte ihre Verletzung mit einem feuchten Waschlappen ab und legte eine Mullbinde darüber, ehe er alles ordentlich verband. Gerade befestigte er das Ende mit einem Pflaster, als seine schöne Patientin stöhnend ihre Augen aufschlug.

„Heilige Scheiße!", keuchte sie und wollte sich an ihre Rippe fassen, aber Julien hielt sie davon ab.

„Nicht! Am besten nicht anfassen. Du wurdest angeschossen."

Sie zuckte vor seiner Berührung zurück.

„Du!", schrie sie, obwohl ihr dies Schmerzen zu bereiten schien.

„Bleib bloß weg von mir! Du und diese ganze Scheiße! Wer bist du eigentlich? Ein Irrer? Seid ihr ein Haufen Irrer, mit euren komischen Klamotten und diesem verfluchten Rubin? Sag es mir, Julien, denn ich steig hier aus – ich geh zu den Bullen! Ich erzähl denen alles! Von dir, dem Stein, diesem Gabriel und auch von dem Wanderer, der – falls du das in dem verfickten Schusswechsel nicht mitbekommen haben solltest – Chloé entführt hat!"

Fay zitterte, so sehr regte sie sich auf, aber Julien wagte es nicht, sie zu berühren, um sie zu beruhigen.

„Meine Schwester – für deren Sicherheit *du* sorgen wolltest!"

Julien erstarrte.

„Was sagst du da? Deine Schwester?"

Sie schüttelte den Kopf, und Julien spürte ihre Verachtung wie einen Schlag ins Gesicht.

„Wie dämlich bin ich eigentlich, dass ich mich von deinem Lächeln und deinen Augen habe einwickeln lassen? Als müsste ich es nicht besser wissen!"

Fay zerrte sich das Shirt über den Verband und wollte aufstehen. Eine dumme Idee, fand Julien. Er fasste sie an den Oberarmen und zwang sie so, liegen zu bleiben. So nah über sie gebeugt, stieg ihm wieder der Duft ihres frisch gewaschenen Haares in die Nase, und er musste das Bild von ihr nur im Badetuch gewaltsam aus seinen Gedanken verdrängen. Es gab keinen schlechteren Zeitpunkt für so etwas.

„Lass mich los! Scheiße, du tust mir weh!"

„Lieg still, dann tut es auch nicht weh! Du kannst nicht aufstehen, Fay! Du bist verletzt", erklärte er geduldig und ließ sie zögernd los.

„Und nun sag das noch einmal. *Er* hat deine Schwester?"

Fay gehorchte und richtete sich vorsichtig etwas auf. Sie schien verzweifelt.

„Das ist alles deine Schuld! Wer ist der Kerl? Wo bringt er sie hin – und was will er denn überhaupt mit Chloé? Du schuldest mir verdammt nochmal ein paar Antworten!"

Julien presste die Lippen zusammen. Sollte er Fay sagen, dass der Wanderer ein Sadist war? Dass er keinerlei Gefühle hatte, außer denen, die seine kranke Natur beflügelten? Wie konnte er ihr sagen, dass ihre Schwester in großer Gefahr schwebte, solange sie in dessen Gewalt war?

Zum Glück musste er sich Fays vorwurfsvoller Forderung nicht gleich stellen, denn Lamar kam die Stufen herauf und füllte die Tür mit seiner Gestalt aus.

„Wir haben den Stein. Lass uns verschwinden, Juls."

Julien sah von seinem Gefährten zu Fay und wieder zurück. Er wusste, was nun kam, würde nicht leicht werden.

„Wir können nicht einfach so verschwinden, Lamar. Wir haben ein Problem."

Dessen eisblaue Augen verengten sich zu schmalen Schlitzen.

„Der Frau geht es gut. Wir haben, was wir wollten – wir sind hier fertig! Wir riskieren nichts, nur weil du Gefallen an der rothaarigen Stripperin findest. Komm jetzt, ehe die Polizei hier aufschlägt."

Julien erhob sich und ballte die Hände zu Fäusten.

„Hör auf mit dem Mist! Ich habe mich und meine Gefühle besser unter Kontrolle als jeder von euch. Aber hier geht es nicht um mich! Wir waren unvorsichtig, und nun ist Fay unseretwegen verletzt und verliert ihre Wohnung. Und der Wanderer vergnügt sich derweil mit ihrer kleinen Schwester! Für mich klingt das nicht, als wären wir hier fertig!"

Fay kämpfte sich hoch und riss Julien am Arm.

„Was soll heißen, er *vergnügt* sich mit Chloé? Er tut ihr doch nichts, oder? Julien?"

Das Flehen und die Angst in ihrer Stimme trafen ihn mitten ins Herz. Sie sollte nicht wegen ihm so leiden.

Lamar fluchte und strich sich über den Bart. Dann runzelte er die Stirn und hob etwas vom Schemel auf, der neben Fays Matratze stand.

Ein Lorbeerblatt und eine Euromünze.

„Gehört das dir?", fragte er und hielt es Fay entgegen, sodass auch Julien einen Blick darauf werfen konnte.

„Keine Ahnung, wem der Euro gehört, aber das Blatt ... wir haben keine Pflanzen", bestätigte Fay ihre Befürchtungen.

„Er spielt mit uns", stellte Julien fest.

Lamar drehte den Euro zwischen seinen Fingern und nickte.

„Ein italienischer Euro", bemerkte er und strich nachdenklich über das Lorbeerblatt.

„Es war also wirklich unser alter Bekannter. Du sagtest, er hat Gabriel auf dem Gewissen. Wer hat ihn dafür bezahlt, Juls?"

„Was denkst du?"

„Wenn ich eins und eins zusammenzähle – der Lorbeer, den er für sich gewählt hat, seinen Hinweis … eine italienische Münze … und die Nachricht, die Cruz vom Eingang weggelockt hat … – Jede Wette, dass sich sein Geldgeber hinter den sicheren Mauern des Vatikans verbirgt", schlussfolgerte Lamar.

Julien rieb sich grübelnd das unrasierte Kinn.

„Was, wenn es eine Falle ist? Was, wenn er uns nur dorthin locken will, um …"

„Ich bin auch unsicher. Eigentlich trägt diese ganze Sache eher die Handschrift der Bruderschaft als die der Kirche. Der Vatikan hält sich seit über hundert Jahren still an unser Abkommen – warum sollte man dort plötzlich die Richtung wechseln?", stimmte Lamar zu.

„Der Wanderer hätte keine Skrupel, von beiden Geld zu nehmen und dann nach Gutdünken zu entscheiden, was er tut. Er hat auch von uns Geld genommen, um zu vergessen, dass wir existieren – und Gabriel dennoch getötet", gab Julien zu bedenken.

„Okay, okay! Ich versteh nur Bahnhof, und das, was ich verstehe, ergibt auch null Sinn! Nur, wo zur Hölle ist Chloé – wisst ihr das? Ich kapiere überhaupt nicht, wie ihr hier so seelenruhig herumstehen könnt, während der Geisteskranke sich mit meiner Schwester davonmacht! Ihr glaubt doch nicht wirklich, dass er sie nach Italien verschleppt, oder? Das ist doch absurd!"

Fay kämpfte sich mit schmerzverzerrtem Gesicht auf die Beine hoch und stützte sich gegen die Wand.

Julien ahnte, dass sie – egal, was er sagte – auf jeden Fall irgendetwas unternehmen würde. Vermutlich etwas Dummes. Wenn sie Chloé als vermisst oder gar als entführt melden würde, würde der Wanderer sich das Mädchen vom Hals schaffen, das war klar. Ohnehin blieb sie nur am Leben, wenn sie genau tat, was er von ihr verlangte. Der Kerl spielte zwar gerne seine sadistischen Spielchen, aber nur, solange er die Regeln vorgab.

Julien stützte Fay, und wieder verspürte er den übermächtigen Drang, sie vor alldem zu beschützen.

„Beruhige dich, Fay. Ich schwöre dir, ich bringe Chloé zurück", versicherte er ihr, aber Lamar unterbrach ihn.

„Unser Weg führt uns nicht nach Italien! Wir müssen die *Wahrheit* in Sicherheit bringen, Juls. Der Wanderer kann nur spielen, wenn einer darauf einsteigt. Vergiss ihn, dann …"

„Dann tötet er Chloé!", schrie Fay, krallte sich an Juliens Arm und funkelte Lamar böse an.

„Das darfst du nicht zulassen! Bitte! Scheiße, ich weiß nicht, was ich tun soll, aber bitte, Julien, bitte … du musst mir helfen!"

In ihren haselnussbraunen Augen schwammen Tränen, und Juliens Kehle wurde eng, weil er ihr nicht sagen konnte, dass sie und ihre Belange, ja sogar das Leben ihrer Schwester, keinerlei Wert hatten, wenn dafür die *Wahrheit* auf dem Spiel stand.

Es fiel ihm schwer, sich von ihrem Anblick loszureißen, so sehr sehnte er sich danach, sie tröstend in die Arme zu nehmen und ihr zu versichern, dass alles gut werden würde. Aber es gab in seinem Leben schon genug Lügen, also schwieg er.

„Komm jetzt, Juls. Louis und Cruz warten", forderte Lamar und wandte sich ab, aber ehe er zur Tür hinaus war, rief Julien ihn zurück.

„Warte! Sag den beiden, sie sollen den Stein nach Hause bringen und für seine Verwahrung sorgen. Und dann besorgst du uns Tickets nach Rom."

„Du bist verrückt, Julien! Was sollen wir dort? Sind wir jetzt schon ein Haufen Kerle, die vermisste Mädchen retten? Haben wir nicht Wichtigeres zu tun?"

Julien kniff die Augen zu schmalen Schlitzen zusammen.

„*Wir* haben das hier angerichtet! Muss ich dich daran erinnern, dass wir Ehre im Leib haben? Dass wir keine Trümmerfelder hinterlassen, weil wir dann nicht besser wären als unsere Gegner?"

„Geht es um dieses Weib? Machst du wegen ihr so einen Aufstand?", fragte Lamar grob und sah Fay abfällig an.

Julien schob sich schützend vor sie. Lamars Blick gefiel ihm nicht – und auch nicht, dass er seine Entscheidungen infrage stellte.

„Du vertraust meinem Urteilsvermögen nicht? Du glaubst, ich mache einen Fehler? Schön, dann schicke mir Cruz und begleite du Louis. Denn ich sage dir eines: Wenn jemand anfängt, meine Brüder ermorden zu lassen, ergreife ich jede Chance herauszufinden, wer dahintersteckt. Und wenn ich mich dabei auf eines der kranken Spiele des Wanderers einlassen muss, dann tue ich das – und rette dabei noch das Mädchen, denn sie ist unschuldig! Oder weißt du nach all den Jahren als Krieger nicht mehr, was das heißt, Lamar?"

Der nickte, auch wenn seine Lippen wütend zusammengekniffen waren.

„Rom, ja? Und du glaubst, du kannst gegen ihn gewinnen?"

„Allein sicher nicht. Darum brauche ich dich ja. Aber wenn du dich weigerst, gehe ich ohne dich", erklärte Julien entschlossen.

Er drehte sich zu Fay um, hörte Lamar schimpfend die Treppe hinuntergehen und versuchte, sich nicht anmerken zu lassen, wie leicht ihm ums Herz wurde, in Fays Blick

Hoffnung anstelle von Verachtung zu sehen.

„Nimm das Nötigste mit, den Rest besorgen wir unterwegs."

Fay nickte und begann stöhnend zu packen. Bei jeder Bewegung zuckte sie zusammen, und vor Anstrengung brach ihr der Schweiß aus.

„Ich denke, das war's. Wird schon reichen", keuchte sie und gab ihm die Tasche.

Er tat das nicht für sie, redete Julien sich ein und hob die Frau, die ihn so sehr verwirrte, in seine Arme. Sie wollte protestieren, aber er wusste, mit ihrer Wunde würde ihr jeder Schritt schmerzen, also tat er so, als bemerkte er es nicht.

„Brauchst du noch etwas?", fragte er und sah sich in der armseligen Kammer um.

„Ich habe alles, was ich brauche", flüsterte sie und legte ihre Hände um seinen Hals.

WER BIST DU?

———————◆———————

Fay fühlte sich wie in einem Traum, losgelöst von allem, das ihr vertraut war. Als sie mit ihrer Tasche am Flughafen stand und versuchte, sich ihre Schmerzen nicht ansehen zu lassen, erkannte sie sich selbst kaum wieder. Die letzten Tage schienen ihr einfach nicht real, sie trieb dahin, als wäre sie schiffbrüchig.

Möglichst unauffällig beobachtete sie die fünf Männer, die bei Julien standen und dabei waren, sich zu verabschieden. Sie hoben sich allein durch ihre Ausstrahlung von all den anderen Passagieren ab, die gehetzt ihre Koffer durch die weitläufigen Hallen zerrten.

Diese Männer waren anders. Obwohl Fay müde und erschöpft war, glaubte sie nicht, dass es nur ihre Einbildung war, die ihr dies vorgaukelte. Julien sah zu ihr herüber, und sie erahnte ein großes Geheimnis in seinen Augen. Er lächelte sie an und kam schließlich, nach einem letzten Gruß an seine Freunde, zu ihr geschlendert.

„Wie geht es dir?", fragte er und deutete auf ihre Rippen, wo Cruz ihren Streifschuss genäht und sauber verbunden hatte.

Fay fühlte sich seltsam schüchtern in seiner Nähe, und sie wünschte sich fast, er wäre nicht so fürsorglich. Denn sie wusste, mit jeder Minute in seiner Gegenwart würde es ihr schwererfallen, später wieder ohne ihn zu sein. Und der

Tag würde sicher bald kommen.

„Es geht", versuchte sie tapfer, ihre Schmerzen zu überspielen, aber anscheinend gelang ihr das nicht besonders gut, denn Julien grinste.

„Keine Sorge, das verheilt, und deine Schönheit bleibt", zog er sie auf, ehe er ernst wurde.

„Wir können einchecken. Lamar und Cruz werden uns begleiten. Sie sind schon vorgegangen. Kannst du laufen, oder …"

„Nein, ich komme klar. Wäre ja nun auch etwas albern, wenn du mich über den Flughafen trägst", wehrte Fay ab.

Julien grinste noch breiter, und Fay wurde bei diesem Anblick beinahe schwindelig.

„Es würde so aussehen, als wären wir verliebt – vielleicht auf dem Weg in die Flitterwochen."

Sie musste lachen, was furchtbar schmerzte und ihr die Tränen in die Augen trieb, aber sie ließ es doch geschehen, als er sie hochhob und ihr zuzwinkerte.

„Halt dich fest – und vergiss nicht, mich angemessen anzuhimmeln, ja?"

Fay schüttelte den Kopf und war froh um die Locken, die ihr ins Gesicht fielen und die, so hoffte sie, ihre Verlegenheit verbergen würden. Schüchtern legte sie ihre Arme um Juliens Nacken. Sein herrlicher Duft stieg ihr in die Nase, und sie seufzte. Da war etwas zwischen ihnen – etwas, das ihr Angst machte. Denn trotz all der Versuche, ihre Gefühle für ihn zu leugnen, stellte sie bei jedem schnellen Schlag ihres aufgewühlten Herzens fest, dass es dafür bereits zu spät war.

———◆———

Zwischen ihnen herrschte eine bedrückende Stille, seit das

Flugzeug gestartet war und Paris hinter ihnen lag. Lamar hatte kurzfristig nur noch Economyclass-Tickets bekommen, und so trübten die engen Sitzreihen seine und Cruz' Laune noch weiter.

Fay, die zwischen Lamar und ihm saß, weil er so wenigstens seine Beine in den Gang strecken konnte, schien eingeschüchtert. Sie hielt eine Hand auf ihre Wunde, und die andere umklammerte die Armlehne. Sie war sehr blass und ungewöhnlich still.

Julien fragte sich, ob es an seinen Männern, am Flug, dem Stress oder ihrer Verletzung lag. Er machte sich große Vorwürfe, sie in Gefahr gebracht zu haben, aber insgeheim war er dennoch froh, einen Grund zu haben, noch länger in ihrer Nähe zu bleiben.

Er versuchte, über die anderen Passagiere hinweg einen Blick aus einem der kleinen Fenster zu erhaschen, aber eine Stewardess verstellte ihm die Sicht. Fay anzusehen, wagte er jedoch auch nicht, denn dann müsste er sich dem stellen, was sie in ihm wachrief. Vielleicht hatte er Lamar doch nicht die Wahrheit gesagt, als er behauptet hatte, seine Gefühle unter Kontrolle zu haben.

Verdammt, er wünschte, seine Gefühle nicht kontrollieren zu müssen! Er wünschte, ihnen nur einmal freien Lauf zu lassen und zu sehen, wohin ihn dies führen würde.

Aber das war nicht möglich. Es würde alles unnötig schwer machen – und am Ende bliebe nur Schmerz. In den letzten Jahrhunderten hatte er doch gelernt, seine eigenen Wünsche, Träume und Bedürfnisse hinter seine Aufgabe, die *Wahrheit* zu schützen, zu stellen. Warum also wollte es ihm diesmal nicht gelingen, Fay aus seinen Gedanken zu vertreiben? Es war beinahe, als verfolgte sie ihn. Ihr Duft, der so zart aus ihrem Haar aufstieg, ihr trauriger Blick, der ihn wütend auf die Welt machte, und die Erinnerung an ihren perfekten Körper, den er zugleich berühren und beschützen wollte.

Frustriert und verwirrt fuhr er sich durchs Haar und stöhnte innerlich. Wie sollte er auch einen klaren Kopf bekommen, wenn er ihr so nahe war? Ihre weichen Locken fielen bis auf seinen Arm auf der Armlehne herunter und raubten ihm fast den Verstand.

Endlich wurde die Anschnallpflicht aufgehoben. Kaum war das Signallämpchen erloschen, schnallte Julien sich ab und floh nach hinten in die Maschine. Er lehnte sich neben der Toilettentür an die Flugzeugverkleidung und murmelte einen Fluch.

Gerade jetzt, wo ihre Feinde aus ihrem Dämmerschlaf zu erwachen schienen, brauchte er seine Sinne für die wichtigen Dinge. Rom war mit schmerzhaften Erinnerungen verbunden, und weder er noch Cruz oder Lamar waren besonders scharf darauf, sich in Reichweite des Vatikans zu begeben. War er also wirklich, wie er vor Fay noch behauptet hatte, seinem Kopf gefolgt – oder vielleicht doch seinem Herzen?

Wütend auf sich selbst murmelte er einen weiteren Fluch und hoffte, das Bordpersonal würde ihn nicht für verrückt halten.

„Julien?"

Er stöhnte, biss die Zähne zusammen und wandte sich um. Es war zum Wahnsinnigwerden!

„Fay, was … warum bist du nicht auf deinem Platz? Du solltest dich nicht so viel bewegen." – *Und mir vor allem nicht folgen, wenn ich versuche, deiner Nähe zu entkommen.*

„Ich wollte dir danken. Seit Chloé verschwunden ist, hatten wir keine Minute für uns. Alles, was ich gehört habe … nichts, was ihr sagt, ergibt für mich Sinn! Du, deine

Männer … was seid ihr? Von welcher Gefahr, welchen Feinden sprecht ihr? Wer ist der Wanderer? Ich verstehe das nicht."

Sie sah ihn mit großen, fragenden Augen an. Wunderschön stand sie vor ihm. Ihr flammendes Haar umschmeichelte ihr Gesicht, und ihre schlanke Silhouette zeichnete sich dunkel vor dem Fenster ab. Hier, über den Wolken, in der Sicherheit dieses Flugzeuges gab es keine Feinde. Da gab es keine *Wahrheit*, die geschützt werden musste, und keine Ewigkeit, sondern nur zwei Stunden, in denen er ein Mensch unter vielen war.

Das Flugzeug ruckelte, und Fay wankte. Julien streckte die Arme aus und zog sie an seine Brust. Sein Atem kam so schnell wie ihrer, als sie ihre Hände um seinen Nacken legte und ihm tief in die Augen sah.

„Wer bist du, Julien?", hauchte sie, hob sich auf die Zehenspitzen und ließ ihre Lippen ganz sanft über seine schweben. Sie zitterte in seinen Armen und drängte sich an ihn, küsste ihn aber nicht.

Darum tat er es. Mit einem Hunger, den er nicht länger unterdrücken konnte, verschloss er ihre Lippen mit seinen. Er presste sie an sich, genoss ihren Körper, der seinen entflammte, und vertiefte den Kuss. Er wollte sie schmecken, sie atmen – und sich tief in ihr verlieren. Er wollte sie lieben.

Wer bist du, Julien?, hatte sie gefragt, und, obwohl sein Leben der *Wahrheit* gewidmet war, wollte er diesmal nicht lügen!

Die Jagd nach der *Wahrheit* geht weiter …
THE DARKEST RED - VON FLAMMEN VERZEHRT

VON FLAMMEN VERZEHRT
THE DARKEST RED 2

Als im Jahr 64 n. Chr. Rom in Flammen steht, verbrennt nicht nur ein Großteil der Stadt am Tiber, sondern auch eine Wahrheit, die bis heute nicht ans Licht kommen sollte.

Juliens grausamer Widersacher hat Fays Schwester in seiner Gewalt. Um das Mädchen aus den Händen ihres Peinigers zu befreien, muss Juls sich seinen Feinden stellen, denn irgendwo zwischen tausend Jahren Verrat, Begierde und den Abgründen seiner eigenen Vergangenheit liegt die Wahrheit verborgen. Ein perfider Wettlauf durch die heilige Stadt am Tiber und die finsteren Geheimnisse des Vatikans beginnt, und Julien muss sich entscheiden: Ist er bereit, für Fays Schwester alles zu riskieren, oder ist ihm seine Mission wichtiger als seine Gefühle?

Emily Bold wurde 1980 in Mittelfranken geboren, wo sie auch heute noch mit ihrem Mann und ihren beiden Töchtern lebt. Sie schreibt Liebesromane, Paranormal Romance und Jugendbücher und blickt mittlerweile auf vierzehn deutschsprachige sowie sechs englischsprachige Bücher und Novellen zurück, die den Lesern viele romantische Stunden, und Emily Bold eine begeisterte Leserschaft beschert haben. Roman Nr. 15 ist bereits in Arbeit.

Über das Schreiben sagt sie: „Schreiben ist für mich Entspannung, Passion und Leidenschaft. Mit meinen eigenen Worten neue Welten und Charaktere zu erschaffen ist einfach nur wundervoll.“

„Ein Kuss in den Highlands“ ist nach „Klang der Gezeiten“ Emilys zweiter zeitgenössischer Liebesroman.

Emily freut sich über Post von ihren Lesern – schreiben Sie ihr: kontakt@emilybold.de oder besuchen Sie Emily im Web: emilybold.de und thecurse.de.

BÜCHER VON EMILY BOLD

Fan werden! facebook.com/emilybold.de